Alfred Schirokauer

Der Tanz auf der Weltkugel

Roman

Bibliografische Information der Deutschen Nationalbibliothek. Die Deutsche Nationalbibliothek verzeichnet diese Publikation in der Deutschen Nationalbibliografie; detaillierte bibliografische Daten sind im Internet über http://dnb.d-nb.de abrufbar.

Der Tanz auf der Weltkugel
Roman von Alfred Schirokauer
Neufassung und Digitalisierung der Originalausgabe von 1927 von Peter M. Frey.

Alfred Schirokauer wurde 1880 in Breslau geboren und starb 1934 in Wien. Er arbeitete als Schriftsteller, Übersetzer, Drehbuchautor und Filmregisseur.
Peter M. Frey arbeitet als Publizist und Autor in Süddeutschland.

Copyright © 2017 Peter M. Frey
Herstellung und Verlag
BoD - Books on Demand, Norderstedt
ISBN 9783743187702

Kapitel 1

Renate Gedon trat aus der Tür des Wohnhauses. Geblendet blieb sie stehen, von der jähen Helle überfallen. Trotz der frühen Stunde siedete der kaum dem Dunkel entwichene junge Morgen schon in der Wut des tropischen Tages.

Sie giebelte beide Hände wie ein Schutzdach über die Augen und eilte durch den Hof, der die Estanzia umgürtete, nach links, dem bergenden Wald zu. Die Felder, das gerodete Land, breiteten sich nach rechts, stromabwärts, am Ufer hin.

Bald nahm der Wald, der Urwald, sie in seinen behütenden feuchtwarmen Schatten.

Noch schlief die kleine Siedlung. Doch schon lebte der Wald. Ein erwachendes Rauschen rieselte durch die weitstrahligen Blätter der Farnbäume, überzitterte die Kronen der eleganten Kokospalmen, ließ die Riesenblätter der Pacovabäume erbeben und bewegte wiegend die grotesken dunkelblau-grünen Kandelaberäste der Aurakarien.

Und mit den Herren erwachten ihre Schmarotzer. Die farbenglühenden Girlanden, die sich von Ast zu Ast schwangen, die grünen Netze, die sich in den Lüften verstrickten, diese dickgeschnürten Hängematten, die sich von Baum zu Baum seilten, schaukelten leise im jungen Morgen. Die Kelche der Mimosen entrollten sich der Sonne, die weiß durch den grünen Dom sickerte; die Orchideen öffneten sich im Erwachen und atmeten schwer und wollüstig ihren aufgespeicherten brünstigen Odem dem Tag zu. Rote

Hängefuchsien, lila Begonien, blaue Heliconien, die heiße Blütenpracht dieses unabsehbaren Treibhauses des brasilianischen Urwaldes schüttelte die Last der Tropennacht von sich und reckte sich dem neuen schwülbelebenden Licht entgegen.

Auf der Heerstraße, den Brücken, in den Lüften wanderte schwatzend und lärmend eine Affenherde, Papageien schrien und schüttelten ihr metallisch glänzendes Gefieder, die roten Füße des Wiedehopfs hüpften von Ast zu Ast. Mit seinem eintönigen Kreischen begrüßte er den Morgen.

Unter dieser bunten und buntbelebten Wölbung des Urwaldes schritt Renate rasch und unbekümmert dahin. Sie kannte diese schillernde Bewegtheit in der grünen, glasigen Ruhe nun schon fast ein Jahr. Gewandt schlüpfte sie zwischen dem Gewirr von Baumstämmen und wucherndem Wachsen den schmalen Pfad entlang, den die Machete, das scharfe Haumesser, durch das Gestrüpp geschlagen hatte und offen hielt.

Sie kam zu einer Lichtung am Ufer. Fedrige Bambuswände umschirmten den Halbkreis wie eine Kulisse. Renate ließ den leichten Bademantel zur Erde gleiten, reckte die Arme hoch über den Kopf und genoss schwelgend die nackte Freiheit ihres Körpers. Das unendliche Grün des Urwaldes übergoss den weißen Leib mit einer schattenhaft wechselnden Patina. Sie strich mit den Händen über die Glieder, ihre Haut trank den feuchten Atem der Wildnis. Schlank, zierlich, grünüberhaucht stand die junge Frau inmitten der Lichtung, noch fast mädchenhaft der Körper mit den kleinen spitzen Brüsten und überzarten nervösen Gelenken. Sie blickte über das graue, rasch fließende Wasser des Castanho hin. Drüben, nach links, lag die Estanzia, weiß und sonnenübersprüht. Stromauf wand der Fluss sich zwischen der lebendigen Einöde des Urwaldes dem fernen Gebirge zu.

Kleine glitzernde Schweißperlen traten aus den Poren, als Renate ihre Morgenübung begann. Sie dehnte und beugte sich, federte auf den Zehen, wand sich in den Hüften.

Doch schon fielen die Moskitos über sie her. Da schüttelte sie unwillig ergeben den Kopf und rannte das flache Ufer hinab in das Wasser.

Kaum hatte sie die Lichtung verlassen, da wurden die Bambusstauden auseinandergebogen und das braune Gesicht eines Gauchos drängte sich zwischen den Stämmen hindurch. Lüsterne, kleine schwarze Augen verfolgten funkelnd den enteilenden Frauenkörper. Dieser Mischling aus Schwarzem und Brasilindianer hatte vor Wochen durch Zufall das morgendliche Bad der Herrin erspäht. Seitdem opferte er Stunden der Ruhe, hier auf der Lauer zu liegen. Morgen für Morgen stahl er sich lautlos aus dem Schlafraum der Vaqueiros, stand hier geduldig im Hinterhalt, bis Renate kam, und bebte vor qualvoll beherrschter Gier beim Anblick dieses rassereinen Leibes einer Europäerin.

Er wusste, dass der Tag nicht mehr fern war, an dem er diese geheime Lust büßen musste. Einmal wird er über sie herfallen, die weiße Frau nehmen wollen. Sie wird schreien, man wird vom Rancho herbeieilen, er wird sie an sich gerissen, sie berührt haben - sie werden ihn hetzen - er wird in die Wildnis fliehen, wie viele vor ihm. Er weiß alles. Er ist klug und verschlagen. Die Gefahren des Urwaldes drohen. Aber er muss diesen weißen Körper haben, der grün schimmert im Schmelz des Waldes. Er muss.

Vielleicht auch wird sie nicht schreien. Wenn er rasch zuspringt und sie an der weißen, zarten, durchsichtigen Kehle packt. Dann wird sie vielleicht nicht schreien.

Dann wird sie sein werden. Aber auch dann bleibt nur die Wildnis. Dann ganz gewiss. Doch dann hat er einmal ein weißes Weib, dieses schöne, zierliche, weiße Weib besessen. Dann schreckt die Öde dort stromaufwärts, dem Gebirge zu, nicht so sehr. Nicht ganz so sehr.

Joao stiert auf die weiße Frau. Sie steht bis zu den Armen im Wasser, das um die Brüste gurgelt. Jetzt wirft sie sich vorwärts, breitet die Arme, schwimmt. Nur der Kopf mit dem dunkelblonden knabenhaften Haar ist noch sichtbar. Weit beugt der Gaucho das verzerrte Gesicht aus dem Bambus, sein Zittern erschüttert das Gehölz. Es erbebt unter dem aufgepeitschten Verlangen des Mannes.

Da, ein geller Schrei vom Wasser her. Die Frau ist in der Mitte des Flusses, der hier dreihundert Meter in der Breite misst. Sie hebt einen weißen Arm, hilflos, wie ein Signal der Todesfurcht. Ein zweiter Schrei, schon dumpfer, erstickt von Angst und Entsetzen. Dann wirft sie sich dem Ufer zu. Schwimmt verzweifelt, wird matt. Rote Flecken quellen aus dem grauen Wasser. Blut.

Im nächsten Augenblick ist Joao im Strom, schleudert sich mit gewaltigen eckigen Bewegungen vorwärts. Auch ihn packt es. Er fühlt den rasenden Schmerz, er stößt, er wehrt sich vergeblich. Das Gesicht der Frau ist unter Wasser. Der Mund steht offen in Todesgrauen. Der Fluss sprudelt hinein. Jetzt ist Joao bei ihr, packt ihren Haarschopf. Wütend schneidet es ihn, bis auf die Knochen jeder Biss. Doch er arbeitet sich durch, die Faust im dichten seidigen Haar der Frau. Er gewinnt das Ufer, zieht den weißen Körper ans Land. Blut strömt aus zwanzig tiefen Wunden. Bei ihr wie bei ihm. Auf der schmutzigdunklen Haut seiner nackten Beine sieht man die roten Ströme nicht so grell wie auf dem Weiß der Frau. Doch er denkt nicht an Blut und Schmerz, er sieht nur das bewusstlose Weib. Er knickt in die Knie, neben dem hingestreckten Körper. Er betastet die feuchte, glatte, kühle Haut. Doch plötzlich fällt er mit dem Gesicht über ihre Brust. Dann saust er kopfüber ins Dickicht.

Ein furchtbarer Tritt in das Gesäß hat ihn über die Frau hinweg geschleudert. Neben Renate steht Simplizio, ganz in Weiß, das die Ebenholzschönheit seines edlen Suaheligesichtes noch verdunkelt. Er greift den Bademantel, hüllt die Ohnmächtige hinein, trägt sie sorgsam mit seiner herkulischen Kraft durch die schmalen Windungen des Pfades dem Haus zu.

Mühsam, mit zerschundenem Gesicht, schmerzendem Rücken, zerbissenen Gliedern, erhebt sich der Gaucho.

Kapitel 2

Die Schreie des Grauens hatten die Estanzia geweckt. Aus dem Gesindeschuppen stürzten die Vaqueiros. Über den Hof eilte, dem Wald zu, Rudolf Gedon. Als der riesenhafte Schwarze mit seiner stillen Bürde auf die Hoflichtung trat, prallte er auf den Herrn. Die Angst um das geliebte Weib erwürgte dessen Fragen.

»Piranha«, gab Simplizio lakonisch Auskunft.

Da wusste Gedon alles und verfärbte sich durch den braunen Sonnenbrand seines Gesichtes hindurch. Piranha sind die Todesgefahr dieser Gewässer, drohender als die Cayman. Kleine Fische, nicht viel größer als Forellen, mit grotesken grausamen Köpfen, die Mensch und Tier anfallen. Und fließt erst Blut, ist das Opfer fast immer verloren. Der Blutrausch packt diese kleinen Ungeheuer. In wenigen Minuten zerfressen sie die Beute bis auf das Gerippe, in Rudeln herangelockt von dem bittersüßen Geschmack, irrsinnig vor Lust und Gier.

Endlich fand Gedon die Sprache.

»Piranha?«, flüsterte er, kaum hörbar im Entsetzen, »wir haben nie Piranha hier gehabt.«

Der Schwarze deutete mit dem glänzenden schwarzen Haar stromaufwärts.

»Fische kommen mit Strömung«, erwiderte er auf Portugiesisch.

Sie traten ins Haus, durchschritten die Wohnstube mit ihren rohen Wänden aus Palmenstämmen und dem festgestampften Urwaldboden und gingen ins

Schlafzimmer. Hier legte Simplizio die Frau auf das Bett aus Palmenblättern. Der Bademantel öffnete sich. Der Schwarze wendete das Gesicht ab. Renate schlug die Augen auf und blinzelte verloren.

»Brauchen Senhor mich?«, fragte der Suaheli.

Gedon schüttelte den Kopf. Er war bereits bei der kleinen, sorgsam gepflegten Hausapotheke. Rasch und geschickt - er hatte Kriegserfahrungen - wusch und verband er die tiefen Risse an den Beinen, den Schenkeln, den Zehen, den Hüften. Dabei sprach er leise, tröstende Worte. Sie lag stumm, zuckte nur hin und wieder schmerzhaft zusammen, wenn er die Wunden berührte.

»Es war furchtbar«, raunte sie und erschauerte in der Erinnerung.

Er nickte verstehend und strich Salbe auf den Verband.

»Ich wusste sofort, dass es Piranha waren.«

»Du Armes!«, zärtlich küsste er ihre Wange.

»Und dachte an alles, was ich von ihnen gehört habe. In einem Augenblick stürzten sie sich über mich.«

»Mein armes Mädel«, wiederholte der Mann und legte ganz lind die Binde um die angefressenen Zehen.

Nach einer Weile fragte sie: »Wie wurde ich gerettet?«

»Simplizio«, gab er Bescheid und schmiegte behutsam einen Hautlappen, den die bluttollen, kleinen, scharfen Zähne abgefetzt hatten, an die Wade.

Da lächelte Renate und sagte leise: »Der Treue.«

Als sie dann vor Erschöpfung eingeschlafen war,

ging Gedon hinaus. Im Hof standen die Gauchos, Mischlinge aller Schattierungen vom brasilianischen Gelb bis zum dunkelsten Kupfer, beisammen und besprachen eifrig die Sensation des Tages. In ihrer Mitte hockte Joao und verband seine Wunden, ein bestauntes Objekt. Zum zehnten Mal berichtete er seine Heldentat.

Gedon trat hinzu. Sofort verstummte das Gespräch. Er war gefürchtet und geachtet. Verwundert blickte er auf den Gaucho.

»Was hast du?«, fragte er.

Joao erhob sich. Er hatte seine Bandagen beendet.

»Ich habe Senhora gerettet!«, erwiderte er stolz und blickte den Herrn aus seinen kleinen, falschen Augen unsicher an.

Gedon hob das Gesicht mit dem starken schwarzen Bart und wendete es dem Schuppen zu, an dem Simplizio, der allein Tätige, Brennholz spaltete.

»Simplizio!«, rief er.

Der Schwarze schlug die Axt in einen Keil und kam mit seinem graziösen wiegenden Schritte auf die Gruppe zu.

»Joao hat meine Frau gerettet?«

Der Suaheli maß den Mischling mit einem verächtlichen Blicke seiner strahlenden schwarzen Augen. Dann nickte er und sagte:

»Ich habe geschwiegen, Senhor. Heute muss ich sprechen.«

Er sagte es so hart, dass Gedon erstaunt aufhorchte.

»Schon viele Tage ich bemerken, Senhor, dass Joao aus Schlafraum schleichen. Ich ihm folgen. Er sich verstecken. Senhora beim Baden besehen.«

»Er lügt«, schrie der Gaucho überhastig.

Gedons Hände schlossen sich zu Fäusten.

»Heute wieder. Ich ihm folgen, leise, leise, wie immer. Ich fürchten für Senhora. Senhora schreien, ich in Wasser wollen, er rascher. Sie holen, hinlegen und küssen. Senhora küssen mit seinem dreckigen Maule. Ich ihm Tritt geben, dass fortfliegt wie Feder.«

Wieder schrie Joao: »Lüge - alles Lüge!«

Die Vaqueiros standen in respektvoller Ferne und folgten gespannt und neugierig der erregenden Szene.

Stumm trat Gedon an den Mischling heran. Seine kleine, stämmige Gestalt zitterte vor Zorn. Und ohne jedes weitere Wort schlug er dem Gaucho seine knochige Faust in das Gesicht.

Der Mann taumelte, Blut quoll ihm aus Mund und Nase.

»Sachen packen, sofort das Haus verlassen!«, wetterte Gedon.

Der Gaucho hielt beide Hände vor das misshandelte Gesicht. Nur die Augen waren sichtbar. Böse, hassfunkelnde Augen, die auf Gedon gerichtet waren.

Der Herr reichte dem Schwarzen stumm die Hand.

Da wanderten die bösen Augen vom Herrn zum Diener. Sie brannten in Rachegier.

Kapitel 3

Die Wunden schlossen sich schneller, als Gedon von seiner aufopfernden Pflege und seinen nicht ungeschickten Heilkünsten erhoffen konnte. In dieser zarten Frau mit den scheinbar so zerbrechlichen Tanagragliedern webte eine geheimnisvolle stille Kraft.

Als das Ereignis des Siedlerjahres eintrat, verließ sie das Lager, die weiße, glatte Haut noch rot durchfurcht von zackigen Narben. Ende März kam der Händler und legte sein Catelao am Ufer vor dem Rancho fest.

Es war ein großer Augenblick. Die Kultur grüßte die Wildnis, ein schüchterner Hauch der Welt berührte die Einsamkeit des zentral-brasilianischen Urwaldes.

Herrschaft und Dienertross umringten das Hausboot, halfen es am Ufer festbinden, begrüßten Senhor Luiz Barboso und seine farbigen Gehilfen wie die Gesandten eines gewaltigen Potentaten.

Sie waren diesen Willkomm gewöhnt und ihm an Würde und Herablassung gewachsen.

Renate fieberte in fraulicher Neugier und Erregung, als sie endlich das gleitende Warenhaus betreten durfte. Seit Wochen hatte sie ihre Kranken-Langeweile mit dieser Erwartung verkürzt, seit Monaten hatte sie seine Ankunft ersehnt, seit Tagen, seit die Regenperiode beendet war, es erharrt.

Sie gedachte oft des März im vergangenen Jahr. Damals war sie in Berlin von Warenhaus zu Spezialgeschäft geeilt, ihre Aussteuer zu beschaffen. Mit der Gleichgültigkeit der Gewöhnung hatte sie die Kaufpaläste des Westens durchstreift, ihren lockenden

Reichtum als Selbstverständlichkeit hingenommen.

Heute schien ihr dieses plumpe Boot mit seinem primitiven Dach aus rohen Häuten herrlicher als alle Prachtmagazine der Leipziger- und Tauentzienstraße. Und diese überlebten Waren, die kein Ramschbasar zu bieten gewagt hätte, dünkten sie köstlicher als alle »letzten Schlager« und »Saison-Nouveautés« und alle »Creationen« und »große Moden« der Berliner Schaufenster. Ihre Hände verlangten, wieder einmal über unberührte Stoffe zu streicheln, glitzernden Tand durch ihre Finger gleiten zu fühlen. Sie wollte wieder einmal wählen und schwanken und zweifeln und Torheiten als Wichtigkeiten durchdenken und Nichtigkeiten ernst nehmen. Sie wollte prüfen und begutachten und Farben, die ihrem Teint schmeichelten, aussuchen und Stoffe, die ihre Linien hoben, kritisch an ihrem Körper herabgleiten lassen: sie wollte wieder einmal Weib sein, Äußerlichkeiten zu Weltfragen erheben, sich schmücken, kosen, hätscheln.

Dass die Stoffe Kattun und Leinen und Serge und Nessel und Kreton waren, tat diesem Genuss keinen Abbruch.

Es war ein sehr geschäftiger Tag. Mit nachsichtigem, erfreutem Gewähren ließ Gedon sein junges Weib schalten. Das Jahr war gut gewesen. Die Ernte dieses trächtigen Jungfernbodens überreich. Renate sollte ihre Schmuckgelüste austoben. Er und die Vaqueiros waren mit ihren Einkäufen bald zu Ende. Tabak, Zigarren, Zigaretten, Rum, neue Wäsche, Kleidungsgegenstände und vor allem Handwerkszeug und Ackergerät war ihre Wahl. Jede Axt, jede Säge, die während des Jahres zerbrach, wurde zur Katastrophe und erhöhte die Sehnsucht nach dem wandelnden Warenhause.

Senhor Luiz Barboso bediente die Dame höchst persönlich. Er paarte Würde und Hoheit mit einer ungetrübten Geduld. Lächelnd, ermunternd ließ er die raschen Hände der jungen Deutschen sein Lager zerwühlen, umwälzen. Dabei unterhielt er die Kundin mit liebenswürdigem Ernste auf Portugiesisch, von dem Renate kaum den zehnten Teil verstand.

Am Abend war der fliegende Händler des Madeirastromes und seiner Nebenflüsse Gast der Estanzia.

Er erzählte von der Welt da draußen. Denn er kam ja aus Manaos am Rio Negro, der Stadt des Opernhauses, der elektrischen Bahnen, der Hotels, der großen, schönen Plätze, der weiten Straßen und anderer sagenhafter unendlich ferner Dinge. Er trug den Glorienschein des Weltmannes vor diesen Hinterwäldlern um sein kahles Haupt. Er war Zeitung, Radio, Modeblatt.

Er berichtete von der Revolution, die seit Wochen in Brasilien gärte, von der Belagerung San Paolos, von den Banden, die im Campo wüteten, von ihren Mord- und Gräueltaten. Er hatte nur mit Bedenken diese Geschäftsreise angetreten.

»Aber, nicht wahr«, er strich den struppigen roten Bart, »man muss leben und ihr hier draußen wollt schließlich auch leben.«

Allerdings wollten sie leben! Was sollte aus den Äckern und all den Reparaturen an Haus und Dingen werden, die des neuen Handwerkszeugs harrten? Und dann - hier war alles ruhig. Bis in diese ferne Einöde drang keine Politik und keine Revolution. Gedon machte eine kurze wegwerfende Bewegung mit seiner kleinen, strammen Hand.

Senhor Luiz Barboso war hiervon nicht so überzeugt. Doch da Renate radebrechend fragte, ob man draußen noch Bubiköpfe trage, und dabei unwillkürlich über ihr kurzes Haar strich - ein Werk der Geduld und Schere Gedons - glitt die Unterhaltung in andere, freundlichere Kanäle.

Renate sprach viel, ihren mangelnden Sprachkenntnissen zum Trotz. Viel Gleichgültiges und Nichtiges. Nur um zu sprechen. Sie war bewegt und aufgewühlt und wollte hinter Worten und geheuchelter Lebhaftigkeit ihre schuldbelastete Unrast verbergen.

Denn dieses einmal im Jahr fällige Warenhausboot erfüllte neben vielem auch die Obliegenheiten der Post, einer privaten, aus Gefälligkeit übernommenen, doch leidlich sicheren und pünktlichen Post.

Senhor Luiz hatte Rudolf Gedon einen Brief gebracht von Walter Ortner.

Er wohnte einige hundert Meilen stromabwärts. Der nächste Nachbar. Die geografisch noch kaum erforschte, wissenschaftlich noch nicht erschlossene Gegend war wenig besiedelt. Nur die Beherztesten, Kühnsten hatten sich bis in dieses verborgene Urland vorgewagt.

Ortner und Gedon waren Regimentskameraden vom Anhaltinischen Leibregiment in Dessau. Auf der Lorettohöhe hatten sie Schulter an Schulter gelitten und geblutet. Hier draußen hatten sie sich wiedergefunden, als Gedon vor einem Jahr nach Europa fuhr, eine Gefährtin seiner Einsamkeit zu suchen. Bei der Fahrt stromab nächtigte er auf einem neuerstandenen Rancho am Einfluss des Castanho in den Aripuanan. In dem Besitzer fand er den Mann wieder, den er mit Lebensgefahr als Verwundeten aus dem Gewitter der Granaten der Lorettohöhe geborgen hatte.

Ortner schrieb:

Lieber Freund und Kamerad!
Ich habe oft mit der Versuchung gekämpft, Axt und Schippe hinzuschmeißen, mein Boot in den Fluss zu schieben und stromauf zu Ihnen zu paddeln und nachzusehen, wie es Ihrer Frau und Ihnen dort oben am Castanho geht. Doch Sie wissen ja am besten, dass das erste Siedlerjahr keine Ausspannung duldet. So durfte ich nur teilnahmeerfülltes Gedenken den Fluss hinaufsegeln lassen.

Auch jetzt sehe ich für mich keine Möglichkeit, selbst nur auf Tage fortzukommen. Aber für Sie, Sie Großgrundbesitzer, habe ich vielleicht eine Lockung. Es ist mir gelungen, eine neue Art zu finden, Zuckerrohr zu züchten, wie sie die Welt und dieses Schwitzbad von Erdteil noch nicht gesehen hat. Ich war immer ein Pflanzen-Dilettant und habe seinerzeit meine technischen Kollegs geschwänzt, um landwirtschaftliche Vorlesungen zu schinden. Vielleicht haben meine Versuche eine beachtliche Zukunft. Wollen Sie sich nicht einmal die Bescherung ansehen und meinen Pionierstolz dämpfen?

Für Ihre Gattin habe ich einen reizenden, kleinen, gelben Affen gezähmt. Auch ein Cotinga von strahlendem Türkisblau mit magenta-purpurnem Hals harrt piepsend seiner Herrin in einem kleinen Holzkäfig.
Jedenfalls werde ich nun Morgen für Morgen den Strom hinab starren, ob nicht weit unten Ihr Boot aus dem brennenden Dunst auftaucht. Und wenn es vergeblich ist, so ist es doch eine Abwechslung und eine Hoffnung. Und von beidem hat man hier nicht allzu viel.

Mit besten Grüßen an Ihre Gemahlin und Sie
Ihr
Walter Ortner.

Mit Eifer las Gedon seiner Frau den Brief vor. Die Stimme dieses gefestigten, ruhigen Mannes zitterte. Der Wert aller Dinge entspricht ihrer Seltenheit. Ein Brief am Castanho war auf dieser Raritätenskala eine Kostbarkeit ersten Ranges. Ortners Epistel war die einzige europäische Stimme, die seit zehn Monaten zu ihnen herübergeklungen war. Trotz aller Gegenwehr packte es den gelassenen Mann. Ein Gefährte, ein Kulturgenosse aus der verklungenen Welt sprach.

Doch gleich darauf hatte er sich wieder fest in der Hand. Abwägend erörterte er den Züchtungsversuch des Nachbarn. Eine neue Methode des

Zuckerrohrbaues! Hm, das hätte am Ende Zukunft. Dieser Ortner war kein dummer Kerl. Beileibe nicht. Ein bisschen schwärmerisch, naja. Aber bei aller Phantasie doch immer mit beiden Füßen auf realem Boden. Das gab ja wohl Entdeckernaturen, wie? Es mochte schon lohnen, sich die Plantage da oben mal anzusehen. Wäre auch eine kleine Abwechslung für Renate. Er konnte schließlich auf einige Wochen fort. Simplizio hatte die Bande im Zug. Der Vorschlag war immerhin der Erwägung wert.

Er blickte auf die großen, steilen Buchstaben nieder und sprach gegen seine Gewohnheit umständlich und reichlich. Und sah nicht, wie schon bei dem ersten Wort eine heiße Röte das Gesicht der Frau überflammte, das noch bleich war vom langen Krankenlager, und wie ihr das verräterische Blut bis in die hohen, klugen Ecken der Stirn unter dem straff zurückgestrichenen dunklen Blond der Haare siedete.

Dann wurde sie blass, fast weiß, blässer als je während ihrer Krankheit, in deren langen, einsamen Stunden die Gedanken so oft den Strom hinabgeglitten waren zu dem Mann, der dort unten mit dem Urwalde rang.

Walter Ortner war Renate Gedons erste Liebe.

Kapitel 4

Die Geschichte einer schönen Frau ist immer die Geschichte ihrer Versuchungen.

Renate war von der ersten Zeit ihres Erblühens an Manneziel und Jagdbeute gewesen. Sie selbst suchte vergebens zu ergründen, was an ihr die Sinne und das Begehren aller, denen sie begegnete, erweckte. Waren es Ausstrahlungen, Körperströme, ein geheimnisvolles starkes Fluidum? Vielleicht war es ihr bizarres Gesicht mit den starken Backenknochen, der geraden, kleinen, nervösen Nase, dem großen Munde voll unbewusster Verheißung. Vielleicht lag es auch an den in tiefe Schatten gebetteten grauen Augen, die stets leicht verschleiert waren, als bärgen und verbärgen sie Mysterien und Wissen von erotischen Geheimkünsten, von denen sie in Wahrheit nichts ahnte. Auch reizte ihr Körper, dessen schmiegsame Formen jedes Gewand erregend abzeichnete, und die Zartheit ihrer Gelenke und Glieder männliches Kraft- und Besitzgefühl. Das Geheimnis der Lockung entzieht sich der klaren Ausdeutung. Tatsache blieb, dass Renate schon mit vierzehn Jahren ihren Körper zu verteidigen hatte.

Eines Nachts drang der siebzehnjährige Sohn des Mannes, der die Waise in sein Haus genommen hatte, in ihr Zimmer.

Sie war sieben Jahre alt, als die Eltern kurz hintereinander starben. Da sich keine Verwandten ihrer erbarmten, öffneten sich ihr die Tore der öffentlichen Anstalt für elternlose Kinder.

Professor Wolbach, Arzt und Philantrop, sah sie dort. Das hübsche fremdartige Kind gefiel ihm. Er nahm es in sein Haus, sehr gegen den ahnungsvollen Widerspruch seiner Frau. Renate und Georg, der Sohn ihrer Wohltäter, wuchsen zusammen auf, gute Gefährten - bis zu jener verhängnisvollen Nacht, die ihr Leben entschied.

Sie wehrte sich instinktiv, verständnislos gegen den entflammten unbändigen Knaben. Das Geräusch riss den Professor in das Zimmer. Die Frau folgte. Die Frau Professor schrie Feuer. Nicht den Täter, den Anlass traf die Strafe.

Renate wurde als gefährliche Versuchung aus dem Hause gewiesen. So verlor sie Heim und Schutz. Um ihre Gefühle scherte sich keiner. Sie kam in strenge Obhut, entlief ihr, trieb sich umher, verfolgt, gehetzt, stand hilflos im Getriebe Berlins. Keller, der Maler, griff sie auf, ließ ihre Anlage zum Rhythmus ausbilden. Auch ihn verlor sie, als er sie als Nymphe malte und überfiel.

Sie tanzte. Zuerst in kleinen, verrauchten Lokalen, dann in der Skala. Immer in der Abwehr, immer umbrandet, umbuhlt, umlodert von den Wünschen der Männer.

Doch da sie kühl und ungeweckt war, blieb sie unversengt in einem Bacchanal von Gluten.

In der Skala sah Gedon sie. Sie wurde das Geschick dieses Mannes, der, aus der Bahn geworfen, unzufrieden mit dem Wandel der Dinge, seine Verzweiflung an Deutschland im unbekannten Gestrüpp des brasilianischen Urwalds begraben hatte.

Er schrieb ihr. Der ernste, schicksalsdurchwehte Klang seiner Worte ergriff sie. Sie antwortete. Sie trafen sich – heirateten. Sie liebte ihn nicht. Belog sich hierüber auch nicht einen Augenblick. Doch sie war zermürbt von den Nachstellungen, müde der nervenzerrüttenden Abwehr. Es lockte sie, sich in der Stille und Abkehr des Urwaldes zu verbergen, dem Scheiterhaufen der Verfolgungen zu entrinnen, endlich nicht mehr gescheuchtes Wild zu sein. Es war eine Erlösung, sich in die Hut dieses wortkargen, gelassenen Mannes zu schmiegen. Sie nahm dankbar und mit gelobenden stillen Vorsätzen seine poesielose Werbung an.

Während der Überfahrt lag sie auf Deck wohlig neben ihm in dem Liegestuhl, eingehüllt in warme Decken und seinen wehrhaften Schutz, und die versuchenden Blicke der Reisenden waren zu einer lächerlichen Kurzweil geworden.

Auf der Bootsfahrt den Aripuanan hinab, als schon der Urwald sie in sein bergendes Grün genommen hatte, als sie glaubte, endlich auf immer aller Bedrohung entronnen zu sein, traf sie Walter Ortner.

Schon am ersten Abend fühlte sie, dass dieser Mann, der monatelang kein Weib gesehen hatte, sie begehrte. Zwei Tage ruhten sie auf der werdenden Estanzia von den Mühen der Stromfahrt aus. Es war eine gepeitschte Ruhe. Nie in ihrem gehetzten Leben war sie aufgestörter gewesen. Zum ersten Male traf männliches Verlangen nicht auf ihre Angst, ihre Abwehr. Zum ersten Male liebte sie, ganz, als gewecktes Weib, mit allen Pulsen, mit allen Sinnen.

Es kam nicht zu Worten, geschweige denn Taten.

Doch beider Blut schrie lauter, als Worte rufen können.

Und dann kam heute der Brief. Mit hellhöriger Frauenklugheit erkannte sie, dass er *ihr* schrieb, nur ihr. Ihrer Sehnsucht klang das Ungesagte zwischen den Zeilen. Seine Verzweiflung, sein Verlangen, seine Qual. Sie sah den Mann in seiner Einsamkeit am Ufer des Aripuanan stehen und seine Liebe in die verlorene Weite klagen. Wie oft hatte sie am Strom gestanden und sehnend eifersüchtig den Wassern nachgeblickt! Blätter, Holzstückchen hatte sie kindlich in die Flut geworfen - als Gruß für ihn. Und oft, wenn das Wasser sie beim Baden umrauschte, dachte sie: Es fließt zu ihm und bringt ihm einen Hauch von mir.

Sie sprach kein Wort über den heimlich Geliebten. Hastig kramte sie unter den Ramschwaren des Senhor Luiz Barboso, kaufte und wählte in Gedanken an den Mann dort unten im Urwald am Zusammenflusse des Castanho und Aripuanan. Nur für ihn. Für ihn wollte sie sich schmücken, für ihn schön sein, allein für ihn. Aber als sie am Abend auf dem festgestampften Boden vor dem Haus mit den beiden Männern saß, gaben ihre geschundenen Nerven nach. Sie sprach und sprach. Gedon staunte. Nie hatte er seine stille, in sich gekehrte Frau so lebhaft und redselig gesehen. Senhor Luiz Barboso aber fand diese hübsche kleine Deutsche sehr anregend und unterhaltsam. Seine grünen Schlemmeraugen unter dem roten Haar glitten über ihre Gestalt. Und als die Gastgeber sich zur Nacht verabschiedeten und im Haus verschwanden, blieb der stolze Senhor noch lange angewurzelt stehen und sah auf die Tür, die sich hinter der Frau geschlossen hatte.

Mit einem Seufzer riss er sich endlich los und ging schwerfällig und schleppend zu seinem Lager im Boot.

»Per dios, der Deutsche da drinnen hat es gut - verdammt gut!«

Kapitel 5

Renate hoffte vergeblich, Gedon würde sich beim Schlafengehen über die Reise nach Norden äußern und entscheiden. Seit er den Brief Ortners gelesen, hatte er ihn nicht wieder erwähnt. Sie wagte nicht zu fragen, aus Furcht, durch ein Vibrieren ihrer Stimme ihr wehes Geheimnis zu verraten. Auch am nächsten Morgen sprach er nicht. Sie schlich abseits vom Hof in den Urwald und probte, ob sie ihn fragen könne, ohne Verdacht zu erregen. Immer wieder sprach sie halblaut vor sich hin: »Wollen wir Ortners Einladung folgen?«, doch ihre Stimme schien ihr fremd, verschleiert, rau, ganz unmöglich.

Fiebernd vor Ungeduld ging sie im Haus umher. Da hörte sie, wie draußen auf dem Platz Gedon mit dem Kaufherrn verhandelte. Ob er sie bis zum nächsten Rancho mitnehmen wolle. Ihr eigenes Boot würden sie zur Rückreise ins Schlepptau nehmen.

Senhor Luiz Barboso rechnete es sich zur Ehre an. Ausgeschlossen, von Bezahlung könne keine Rede sein. Da musste Renate sich niedersetzen. Die Beine trugen sie plötzlich nicht mehr. So matt wurde sie in den Kniegelenken.

Am Nachmittag noch stieß der Catelao vom Ufer. Gedon war der letzte Siedler am Castanho in der letzten Einsamkeit. Hinter ihm stromauf lag die unbekannte Weite.

Renate stand allein am Bug des Schiffes, das rasch in der Strömung, von langen Stangen im untiefen Wasser der Ufernähe wie eine Spreezille getrieben, dahinglitt. In ihr rangen Glück, Freude. Erwartung und Angst. Sie hatte sich bis zur Erschöpfung nach dem Wiedersehen gesehnt. Jetzt, da es Wirklichkeit werden sollte, schüttelte sie die Furcht, sie habe ihre Sehnsucht einem Phantom, einem Traume, einem Irrtum dargebracht.

Vor ihr dehnte sich der Fluss, eine breite Heerstraße von geschmolzenem Gold, die weit, weit dort hinten hineinstieß in den flammenden Horizont. Das flüssige Gold war eingefasst von dem ragenden, dunklen Grün des Urwaldes zu beiden Seiten. Dicht an das Wasser drängte sich der Tropenwald wie eine dicke gleichförmige Mauer. Dann und wann aber sah Renate Einzelheiten: Hohe Wawarapalmen, riesige Apfelsinenbäume, unbekannte, seltsame, gelbstämmige Waldriesen, alles verkettet, verwebt, verbrückt durch ein Gewirr von wuchernden Schlingpflanzen. Die Zweige hingen oft so dicht zum Fluss nieder, dass die Uferlinie hinter dem grünen Vorhang verschwand.

Die ungeheure Einsamkeit, die wilde Majestät der Natur griff Renate ins Herz und mehrte ihre angstvolle Beklommenheit.

Dann wurde die Landschaft belebter und bunter. In das gleichmäßige, lastende, dunkle Grün des Ufersaumes mischten sich Farbenflecke: Bäume mit märchenhaft großen, roten und gelben Blüten, deren Namen sie nicht kannte. Oft brannten in der blendenden Sonne die lila Blumen der Begonie.

Auf den Sandbänken inmitten des Stromes watschelten Kormorane, rote Flamingos, dunkelgesprenkelte Ibisse und weiße Störche mit schwarzen Flügeln stelzten umher, gravitätisch wie alte Lebemänner. Caymans lagen faul und hässlich im seichten Uferwasser.

Stunde um Stunde stand sie dort, umraunt von der Einsamkeit und ihrer stillen Liebe. Wie aus unwirklicher Ferne hörte sie hinter sich das Gespräch der Männer, das Rufen der Schiffer, das Eintauchen und Ziehen der schweren Stangen durch das Wasser. Man lud sie zu einem Imbiss. Sie schüttelte den Kopf. Gedon ließ sie gewähren. Er wusste, dass sie fremd und träumerisch war. Und liebte sie, wie sie war.

Ohne Übergang kam die Tropennacht. Der Mond stand plötzlich inmitten der jähen Dunkelheit voll und hoch am Himmel. Das Wasser wurde zu Glas. Die Palmen am Ufer spiegelten sich weiß in dem Strom. Geisterhaft stand der Wald. Mit einer leichten Brise erwachten die Nachtgeräusche der Wildnis: Der Schrei des jagenden Jaguars, das Kreischen der Affen, kleine, scharfe Rufe, ein süßes Flöten und Klagen und das Rauschen des Windes in den Kronen der Bäume. Der Duft der Tropen segelte auf der schweren Märzluft. Über der einsamen Frau stand im Zenit der Orion, hinter ihr das Kreuz des Südens und Myriaden unbekannter Lichter tropften aus dem samtdunklen Blau des Firmaments. Unbeweglich, eine weiße Statue, stand Renate am Bug des Schiffes, fühlte das Glück ihrer Liebe überwältigend, herzzerspringend wie nie zuvor und ihre Wangen herab sickerten Tränen des Schmerzes und der Verzweiflung über ihr Geschick, das ihr die Liebe erst beschieden hatte, als sie Frevel und Unrecht geworden war.

Hastig trocknete sie das Gesicht, als Gedon sie zum Nachtmahle rief. Die klugen, etwas vorgewölbten, prüfenden Augen Senhor Luiz Barbosos bedrängten sie. Es war ihr, als durchschaue er sie. Sie empfand einen Stich in der Brust, als sie den spöttischen Blick voller Schadenfreude bemerkte, mit dem er ihren Mann während der Mahlzeit streifte.

Die vierte Nacht der Stromfahrt Schloss Renate kein Auge. Leise schlich sie von Gedons Seite – man schlief auf Deck – und lugte aus durch die langen Stunden. Doch erst am Morgen, als das Hausboot eine Biegung des Flusses überwunden hatte, glänzte in dem Grün des Ufers ein heller Fleck auf, noch weit und fern. Da klammerte sie sich an die Reling und grub die Nägel tief hinein in das Holz. Denn neben ihr stand Gedon und hielt Ausschau. Wortlos hob er deutend den Arm. Sie nickte und wandte den Kopf ab. Denn sie fühlte kalt die verräterische Leichenblässe ihres Gesichtes.

Als sie näher kamen, sahen sie in dem Weiß einen kleinen schwarzen Punkt. Sie wusste: Das war Walter Ortner. Dort also hatte er gestanden durch die langen Monate, und sich verzweifelnd gesehnt den Strom hinauf ...

Aber als sie ihn am Ufer stehen sah, im ersten Licht des Tages, hochgewachsen, das blonde Haar in der Morgenluft leise wehend, mit freudeverklärten Augen, wurde alles in ihr still. Der Aufruhr schwieg plötzlich. Es war wie eine Flaute, die jählings einfällt. Sie hatte sich ausgegeben in der Erwartung, der Vorfreude, im tausendfachen Durchleben dieses Augenblickes des

Wiedersehens, die Wirklichkeit fand sie ohne die Kraft zum Erleben.

Sie lächelte fast konventionell, als sie ihm die Hand bot. Da brach aus seinen blauen Augen ein so ungezügelter Schmerz, ein so fassungsloses Unbegreifen, dass die Stille der Erschöpfung in ihr zum Sturm ausbarst. Sie war die Erste, die vom Boot über die Laufplanke an Land gelaufen war. Ihr Mann war hinter ihr. Sprechen durfte sie nicht. Doch ihre grauen hellen Augen wurden zu Fenstern ihres Empfindens. Sie fühlte es. Sie fühlte, wie alle Seligkeit, die plötzlich orgiastisch in ihr aufwallte, in ihren Blicken lebte. Jubel und Taumel der Erlösung brauste in ihr. Er liebte sie, ihre Sehnsucht war kein Traum, keine Phantasie! Er hatte ihre Hand schon freigegeben. Sie berührten sich nicht mehr. Aber ihre Blicke hatten sich in dieser kleinen Sekunde alles gebeichtet, alles Glück, alles Leid, alle Martern des Entbehrens.

Herzlich begrüßte Gedon den alten Kameraden. Bedrückt und belastet sah Ortner zu Boden.

Nach einem kurzen Frühstück blieben die Gäste sich überlassen. Es gab Arbeit auf der Estanzia. Denn Senhor Luiz Barboso brachte nicht nur Waren, er war auch ein guter Käufer. Er nahm den Siedlern zu ehrlichen Preisen ihre Produkte ab. Auch Gedon hatte auf den Catelao verladen, was er an Orangen, Kaffee, Bananen und Reis verkaufen wollte.

Jetzt brachte Ortner mit seinen Leuten die erste Ernte an Bord. Ihre Größe bewies seinen rastlosen Fleiß. Während Gedon mit zufriedenem Kennerblicke den Ertrag abschätzte, wanderte Renate über den

Rancho mit einem seltsamen Zugehörigkeitsgefühl, einer wohligen Zärtlichkeit für jede gerodete Lichtung, jede Pflanzung, jeden blühenden Baum.

Viel war hier in den zehn Monaten geschaffen. Das kleine Haus aus Palmenstämmen mit dem spitzen Dach aus Palmenblättern war sauber und blank. Es verriet, dass sein Erbauer Fachmann war. Dicht dabei war ein Feld mit Korn und Mandioc, mit Zuckerrohr und Bananen.

Als Ortner einmal an ihr vorübereilte, rief sie mit einem warmen Lächeln: »Sie haben hier tüchtig gearbeitet!« Er erwiderte und aus seinen Augen brach seine unterdrückte Liebe: »Was kann ein einsamer Mann anderes tun?!«

Dann war die Ernte verstaut und Senhor Luiz lichtete seinen Anker. Als er vor den drei Menschen stand, war in seinen listigen Augen wieder jener allzu wissende Schimmer.

Es war, als habe er jetzt des Rätsels Lösung gefunden.

»Das nächste Mal, Senhora, bringe ich die feinsten Sachen von Monaos. Sie sollen mit mir zufrieden sein. Diesmal wusste ich ja nicht, welche Schönheit dort oben in der Einöde blüht. Also – auf gutes Wiedersehen, nächstes Jahr.«

Man schüttelte sich die Hände. Renate blickte dabei geistesabwesend ins Leere. »Nächstes Jahr?«, dachte sie, wie eine Ahnung war es, »wer weiß, was dann sein wird, wer weiß?!«

Jetzt wurde das Zuckerrohrfeld mit seiner neuen Bebauungsart besichtigt. Ortner gab bescheiden und sachlich seine Erläuterung. Gedon hörte aufmerksam zu und nickte dann und wann begreifend mit dem kurzgeschorenen Schädel.

Neben den beiden Männern stand Renate unter dem dunstig heißen Himmel. Ihr Blick wanderte vergleichend zwischen ihnen. Sie sah, dass Ortner körperlich ihrem Mann überlegen war, wie er ihn an Größe überragte. Gedon war kaum mittelgroß, gedrungen, breitgebaut, seine Züge von dem wuchernden schwarzen Bart verwischt und beschattet. Aber sie kannte seinen Mut, seine Ehrlichkeit, seine Gradheit, seine schlichte Klugheit. Und sie wusste, wie scheu und zärtlich er sie liebte. Und da kam ihr der Gedanke, dass er zum Freund geboren war, zum zuverlässigsten ehrlichsten Freund.

Sie erschrak vor dieser Erkenntnis, die zum ersten Mal ihren Mangel an Liebe grell und hemmungslos beleuchtete.

Als Ortner seinen Bericht beendet hatte, lobte Gedon das neue, geniale Verfahren in seiner prunklosen, wirkenden Art. Es tat Renate wohl, dieses Lob. Sie war stolz auf die Anerkennung ihres ernsten, wägenden Mannes. Stolz für Ortner. Sie empfand eine mütterliche Liebe zu diesem großen, heftigen Jungen, der um zehn Jahre jünger war als ihr Mann. Ihr war, als habe sie Anteil an seiner hoffnungsfrohen Pioniertat.

Ortner stand dabei mit freudlosen Augen. Seine Arme hingen schmerzlich hilflos am Körper herab. Auf seinen Lippen sah sie den Ausdruck: »Nun ja – wozu das alles? Es hat ja doch keinen Zweck.«

Da hatte sie das Verlangen, den Kopf dieses Mannes

in ihren Schoß zu betten und ihn zu streicheln, ihm Worte des Trostes und der Zuversicht zuzuflüstern. Zugleich aber dachte ihr flughaft arbeitendes Hirn: Würde mir je bei meinem Mann dieser Wunsch aufsteigen? Seinen Kopf in meinen Schoß legen? Es schien ihr grotesk. Er war fest in sich verankert, geschlossen, ohne jede Schwäche, hatte nichts Kindliches. Nichts. Ihm gegenüber konnte keine Frau Mutter sein.

Wirklich geliebt aber werden immer nur Männer, denen Frauen auch Mütter sein dürfen.

Es war im letzten Licht des Tages. Sie saßen auf der hübschen Veranda, die das Haus umzog. Sie saßen stumm und blickten auf die Ruhe des Flusses. Aus dem Wald kam ein Volk Reiher. Mit starken, graziösen Flügelschlägen segelten sie in der schimmernden Helle, das lichte Gefieder glänzte schneeig in der Abendsonne. Dann kreuzten sie über den Fluss und wurden von dem grauen Dämmer des Abends aufgesogen.

Da sagte Ortner, aus fern wandernden Gedanken, mit einer Stimme, die voll weicher melodischer Verführung war: »Jetzt wird es Frühling in der Heimat. Jetzt atmen die Armen auf, dass das Schlimmste vorüber ist: die kalte, trostlose Stube. Jetzt wird der Himmel dort wieder zartblau mit weißen, scheuen Wölkchen. An den Zweigen zeigen sich grüne Punkte. Und die Primeln blühen.«

Sie fiel ein: »Und Rotkehlchen und Lerchen singen am Morgen. Ein Dunst liegt über den Bäumen. Schüchtern öffnen sich die Fenster. Und man hört wieder das Leben der andern: ein Klavier – ein Lied.«

»Werdet nicht sentimental«, schalt Gedon gutmütig.

»Heimweh ist ein schlechter Gefährte für uns hier draußen.«

Sie schwiegen verschüchtert. Dann fragte Renate: »Was hat Sie hergeführt, Herr Ortner?«

Nach einer kleinen Pause des Sammelns erzählte er mit seiner verhaltenen Stimme: »Sie wissen, gnädige Frau, dass ich vier Jahre an der Front war.«

Er blickte auf Gedon, von dem sie es wohl wusste. Sie nickte.

»Als ich Ende 1918 zurückkehrte, fand ich meine Stelle besetzt. Ich war Architekt bei einer großen Baufirma gewesen. Man zuckte die Achseln. Die Stelle war eben besetzt und der Bedarf gering. Ich fand keine Arbeit. Wer baute damals?! Meine Wohnung hatte ich verloren. Am zweiten Mobilmachungstag musste ich fort. Meine Wirtschafterin vermietete sie möbliert, auf mein Geheiß. An einen Hauptmann vom Generalstab. Er hat Berlin während des Krieges nicht verlassen. Als ich nach der Heimkehr wieder in meine Wohnung wollte, lachte er mich aus. Auch auf dem Wohnungsamt zuckten sie die Achseln. Ich hatte meine Wohnung ja vermietet, hatte also keinen Anspruch mehr auf ein eigenes Dach. Meine Möbel dürfte ich nehmen. Was ich damit sollte, fragte ich. Das sei meine Sache. Ich könne sie ja auf einem Speicher unterstellen. Mich packte der Ekel. Ich ging davon. Erst versuchte ich es in Argentinien. Hatte Pech. Dann hierher. Ins Unbekannte.«

Renate hielt an sich, nicht zu sagen: »Damit wir uns

hier fänden«, sie fragte stattdessen: »Haben Sie es je bereut?«

Ortner schüttelte heftig den Kopf. »Hier höre und sehe ich nichts mehr von der Welt. Und das ist gut. Keine Zeitung, kein täglich erneutes Wissen davon, dass die Menschen sich gegenseitig nichts tun als Leid. Nationen, Völker, Einzelne. Im Grunde war es in Europa doch nichts als Vernichtungskampf aller gegen alle. Politisch, wirtschaftlich, privat. Keiner gönnt dem andern das bisschen Freude und Leben. Und wenn man bedenkt, wie hilflos wir Menschen auf diesem Sandkorn Erde im All sausen, dass wir doch eigentlich einander mit allen Kräften helfen müssten, dieses Leben zu ertragen, zu verschönern, uns gegenseitig zu erleichtern, scheint einem die Welt ein Tollhaus voll Wahnsinniger. Man begreift diesen Hass aller gegen alle nicht. Warum halten wir nicht wie die Kletten zusammen, wir, diese kleine armselige Notgemeinschaft Mensch, die auf einem einsamen Planeten dahinbraust im unermesslichen Raum? Warum? Warum machen wir uns diese wenigen Jahre, die wir zu leben haben, gegenseitig nicht festlich und herrlich? Wir, die wir doch alle unter demselben ehernen Gesetze des Kampfes mit der Natur leben. Warum sind wir nicht alle Brüder, wir, die wir durch ein großes, unentrinnbares, schweres Los zusammengeschmiedet sind als vergängliche, schwache Menschen mit engbegrenzter Lebensdauer? Warum?«

Er schwieg.

Renate wusste keine Erwiderung.

Gedon aber sagte: »Früher habe ich versucht, solche

Fragen zu beantworten. Ich habe es aufgegeben. Ich philosophiere jetzt mit der Tat. Ich habe die Tür zur Welt zugeschlagen.«

Ortner seufzte leise: »Ich glaubte es auch. Die erste Zeit war es eine Befreiung. Keine Menschen sehen, keine Großstädte, von Politik nichts hören, von Parteizwist – alles hinter sich gelassen haben, diesen elenden Kleinkram der sogenannten Kultur.«

»Und jetzt?«, fragte Gedon verwundert.

Renate wusste, dass Ortner hierauf nicht antworten könne.

Da er schwieg, sagte Gedon vertraulich: »Es ist die Einsamkeit, Ortner, die Sie peinigt. Sie sollten, wie ich, nach Deutschland fahren und sich ein Weib holen.« Dabei legte er einen Arm um Renates Schulter. Sie beugte den Körper wie unter einer untragbaren Last. Ortner stand auf und verließ wortlos die Veranda.

»Was hat er?«, fragte Gedon erstaunt.

»Ich weiß es nicht«, log Renate.

»Er grübelt zu viel«, bedachte Gedon. »Es ist nicht gut, dass der Mensch hier in der Wildnis allein ist.«

Nach einer Weile, - es war inzwischen tiefe Tropennacht geworden - kehrte Ortner zurück. Er entschuldigte seinen jähen Aufbruch mit der allabendlichen Inspektionsrunde. Bald darauf ging man zur Ruhe.

Das Haus hatte drei Stuben, ein Wohn- und zwei Schlafzimmer. Das eine war für die Gäste bestimmt.

Lange vermochte Renate nicht einzuschlafen. Ihre Gedanken scheuchten den Schlummer. Es war unerträglich schwül unter dem sonnengeheizten Dach.

Ruhelos warf sie sich auf dem Lager umher. Dann war sie wohl doch ermattet eingedämmert. Denn sie fuhr auf, emporgerissen von einem Schmerz im Knie. Sie lag, nur mit einem dünnen Hemd bekleidet. Das nackte Knie hatte sie im Schlafe gegen das Moskitonetz gepresst. Sofort hatten die Insekten sich gierig darauf gestürzt. Es brannte wie eine Schrotschusswunde. Sie richtete sich auf. Neben ihr schlief ruhig und unerschütterlich ihr Mann. Sie hielt es in dem stickigen Zimmer nicht aus. Leise stand sie auf, warf das Kleid über und ging ins Freie. Sie wusste: Ortner war draußen und harrte ihrer. Wusste es hellseherisch. Mit schlafwandlerischer Gewissheit ging sie zum Fluss, setzte sich auf den Stumpf einer der gefällten Palmen und sah hinaus auf das Wasser, dessen Strömen sie aus der flüsternden Finsternis vernahm.

So saß sie und fühlte irgendwo in der nächtlichen Stille seine Nähe.

Sie erschrak nicht, sie staunte nicht, als er leise aus dem Dunkel neben sie trat.

Lange schwiegen sie, von einer Gemeinsamkeit wie nie zuvor umschlungen.

Dann brach er aus. Unvermittelt und doch nur wie eine laut gewordene Fortsetzung all des Unausgesprochenen, das zwischen ihnen schwebte seit ihrem ersten Begegnen.

»Renate«, flüsterte er heiser, »ich kann so nicht weiterleben. Ich kann nicht weiter.«

Sie schwieg. Sie beugte den Kopf tief zu den Knien hinab. Wie ein stummes Stöhnen unter dem tragischen

Geschick war es.

»Tausend Mal habe ich alles bedacht. Ich weiß: Es ist gemein und schurkisch. Du brauchst mich an nichts zu erinnern. Er hat mir draußen mit eigener Lebensgefahr das Leben gerettet. Ich weiß alles. Aber diese Liebe ist stärker als Ehre und Pflicht. Es geht um mein Leben. Er hat es mir gerettet. Wozu? Damit es wertlos und verpfuscht ist? Dazu? Es wäre besser gewesen, er hätte mich in dem Trommelfeuer verrecken lassen.«

Sie richtete sich langsam auf.

»Morgen werde ich mit ihm sprechen. Ehrlich, Mann zu Mann.«

Sie schüttelte im Dunkel den Kopf. Er sah den Schein des Mondes auf ihrem Haare. Und sah die Verneinung.

»Ich soll nicht mit ihm sprechen?!«

Da endlich fand sie Worte.

»Nein, Walter.«

Er zuckte zusammen unter der schweren Süße, dass sie ihn mit dem Vornamen nannte.

»Ich will es nicht. Er war nur gut zu mir, immer nur gut. Als er mich fand, war ich eine Variété-Tänzerin. Er hat mich genommen, wie ich war, wie er mich fand. Er liebt mich. Ich habe kein Recht, ihm weh zu tun.«

Er wollte entgegnen.

Sie sprang auf. »Nein, nein, es ist unmöglich! Das ist ja Wahnsinn! Er würde es nicht fassen. Es wäre ein gemeiner Überfall auf einen Ahnungslosen. Unbegreiflich wäre es ihm. Er glaubt, ich liebe ihn, wie er mich liebt. Das kann ich nicht. Das darf ich nicht!«

Er taumelte sacht vor ihrer Heftigkeit.

»Was denn?!«, stieß er hervor.

»Nichts. Es muss so bleiben.«

»Liebst du mich?«

»Ja«, sagte sie, plötzlich ganz leise.

Da packte er sie an beiden Armen. Es tat weh durch das dünne Kleid.

»Du liebst mich und willst mit dieser Lüge weiterleben?«

»Irgendwie ist das Leben immer eine Lüge«, wich sie weh aus.

Ihr gehetztes Leben hatte sie viel gelehrt.

»Das ist Sophisterei«, keuchte er. »Das sind Worte. Hier handelt es sich um unser einmaliges Dasein, das wir nicht verpfuschen dürfen.«

Er schüttelte sie.

»Du, du, wollen wir unser Leben verpfuschen? Glaubst du, dass wir für einander bestimmt sind?«

Sie nickte vag.

»Und willst verzichten? Kannst verzichten?! Du liebst mich nicht!«

»Ich liebe dich!«

»Dann werde ich sprechen.«

Sie schüttelte wieder den Kopf. »Hast du nicht selbst heute Abend gesagt: Wir Menschen tun einander nur Böses? Willst du diesen Menschheitsjammer hierher in den Urwald tragen? Drei weiße Menschen sind wir auf Tausende von Meilen. Und schon soll Kampf und Hass und Bitternis zwischen uns wüten?!«

Er gab ihre Arme frei. Seine Hände fielen machtlos nieder. Ihr Auge, das sich an das Dunkel gewöhnt hatte, sah sein erloschenes Gesicht. Sie nahm seine Hände, presste sie gegen ihre Stirn, ihren Busen und sprach tröstend:

»Dass wir uns lieben, kann uns keiner nehmen und verwehren. Lass es unseren kostbarsten Besitz sein. Lass uns dieses Wissen hüten als Inhalt unseres Lebens. Ich kann nicht glücklich werden über das Glück eines andern, guten Menschen hinweg. Ich kann es nicht.« Sie stöhnte verzweifelt.

Er schwieg in Trotz und finsterer Ohnmacht.

»Du willst mich wieder hier allein lassen!«, klagte er nach einer Pause, die nur erfüllt war von beider ächzendem Atem.

»Ich muss.«

»Ohne jede Hoffnung?«

»Nächstes Jahr komme ich wieder. Bis dahin wirst du mein höchster und heiligster Gedanke sein.«

»Fühlst du nicht, wie du deinen Mann damit betrügst? Kommt dir gar nicht der Gedanke, dass du ihn damit mehr demütigst und entehrst, als wenn du ihm offen sagtest, dass du ihn nicht liebst.«

»Nein, Walter. Ich glaube, dass für viele – die meisten – das Nichtwissen das große Glück ist.«

Da packte ihn die Raserei der Verzweiflung.

»Und wenn ich es ihm doch sage?!«, drohte er.

»Dann wirst du ihn vernichten. Aber mich auch. Dann werde ich gehen und verschwinden.

Wohin, weiß ich nicht. Aber für dich werde ich verloren sein.«

Verbissen kauerte er sich nieder auf dem Stumpf, den sie verlassen hatte. Sie stand vor ihm. Plötzlich umfasste er ihre Schenkel und presste das Gesicht in ihren Schoß. Seine Schultern zuckten. Sie fühlte, dass er weinte.

Sie ließ ihn gewähren, streichelte seinen Kopf.

»Lieber, Lieber«, flüsterte sie, »sei gut, ertrag es. Du weißt nicht, wie schwer es für mich ist, stark zu sein. Du weißt nicht, wie schwer!«

Sie löste sich von ihm und kniete neben ihn nieder.

»Nie habe ich einen andern vor dir geliebt«, raunte sie, »denke immer, dass da unten im Urwald eine lebt, deren einziges Glück du bist.«

Er erhob sich. »Ich werde warten, Renate. Ein Jahr wieder voll Tod und Sehnsucht. Ich will es ertragen, dieses Furchtbarste, das Menschen beschieden ist. Vielleicht wirst du nächstes Jahr anders sprechen.«

Sie schüttelte den Kopf. »Glaube das nicht, Walter. Man ändert sein tiefstes Wesen nicht von einem Jahr zum andern. Wozu sich täuschen! Ist Liebe denn nur Besitz und Beieinandersein?«

»Ja, ja, ja«, schrie er unterdrückt auf, »ja! Wenn du mir die letzte Hoffnung nimmst.«

Er unterbrach sich, hob den Kopf und lauschte hinaus auf den Fluss.

Verwundert folgte sie der Richtung seines Blickes. Da vernahm auch sie ein Geräusch wie Ruderschlag.

»Ein Boot?!«, flüsterte sie mit verhaltenem Atem.

Sie wusste, dass ein Boot in der Nacht dieser Wildnis immer eine Bedeutung habe. Meist eine feindliche.

»Vielleicht Gummisucher«, gab er leise zurück und

starrte angestrengt hinaus auf den schwarzen Fluss, der unter den Sternen glomm wie Teer.

Es ist ein ungeschriebenes Gesetz der Wildnis: Wer sich der Behausung oder Lagerstätte eines andern nähert, macht sich durch Rufen bemerkbar. Wer leise kommt, gilt als Feind und riskiert eine plötzliche Kugel.

Es waren Freunde, die kamen. Sie riefen, als sie von der Mitte des Stromes dem Ufer zudrehten. Ortner antwortete. Er erkannte seine nördlichen Nachbarn vom Aripuanan. Als das Boot – eine kleine Ruderjolle – ans Land stieß, entstiegen ihm ein blonder junger Hüne, ein dunkler Mann mit einem struppigen Wilderergesicht und eine kleine, zierliche, geschmeidige Frau.

Es waren Russen, Bruder und Schwester, die Ortner begrüßte. Den dritten kannte er nicht. Er wurde ihm als Gummisucher, als Seringueiro, vorgestellt, einer dieser Verwegenen, die wie Goldsucher den Urwald durchstreifen, den kostbaren Saft zu erbeuten.

»Wir bringen böse Nachricht«, rief der Russe auf Deutsch, er war geborener Balte - und reichte Ortner die Hand. Ohne Staunen begrüßte er die Dame, die hier in tiefer Nacht am Ufer stand. Auch der Seringueiro, ein Brasilianer, bekundete keine Verwunderung. Die beiden Männer waren zu eifrig erfüllt von ihrer Botschaft. Doch die Dame blickte mit frauenhafter Neugier und - wie es Renate schien - mit schlecht verhehlter Betroffenheit auf die Gefährtin Ortners.

Man ging zum Haus, Ortner rief die Dienerschaft.

Hastig eilte Renate in ihr Zimmer. Gedon saß aufrecht auf dem Felllager, das als Bett diente.

»Was gibt's?«, fragte er.

»Gäste. Sie bringen böse Nachricht, sagen sie.«

»Wieso warst du draußen?«

Sie zögerte einen Augenblick, ehe sie erwiderte: »Ich hörte Geräusch, da lief ich hinaus.«

»Da bildet man sich weiß Gott was auf seine Ohren ein und schläft wie ein Murmeltier«, lachte Gedon und griff nach dem Beinkleid. »Böse Nachricht? Inwiefern?«

»Ich weiß es nicht.«

Als das Ehepaar in die Wohnstube trat, fanden sie dort die Fremden und Ortner in erregtem Gespräche. Der Hausherr stellte die Geschwister und den Gummisucher vor und sagte:

»Gut, dass Sie gerade hier sind, Gedon. Die Nachricht betrifft Sie genau wie uns andere. Wären Sie nicht hier, ich hätte Sie geholt.«

»Nanu?«

»Bitte, erzählen Sie alles noch einmal, damit mein Freund es auch hört«, bat Ortner den blonden Russen.

Er erzählte deutsch. Obwohl der Seringueiro kein Wort verstand, nickte er ab und zu bestätigend.

Man saß um den kleinen Tisch herum, auf dem die Öllampe trübe brannte. Die Russin sah immer wieder heimlich forschend auf Renate, die unruhig wurde unter ihrem prüfenden Blick.

Delessow berichtete: Die Revolution greife immer weiter um sich. Die Regierungstruppen ständen fern. Die Aufständischen hätten sich zu größeren und kleineren Trupps zusammengeschlossen und durchzögen raubend und mordend das ganze Land. Überall überfielen diese Banden die Kolonisten, plünderten die Estanzias und mordeten, was sich nicht in die Wälder flüchtete. Der Gummisucher gehöre zu einem größeren Lager landeinwärts, östlich vom Aripuanan. Dieses sei nachts plötzlich von einer starken Rotte von Männern mit dem blau-grünen Bande, dem Abzeichen der Aufständischen, überfallen worden. Er sei der einzige Überlebende.

Der Seringueiro nickte heftig. Er merkte, dass jetzt von ihm die Rede sei.

»Erzählen Sie selbst weiter«, forderte Ortner auf Portugiesisch. Der Mann nahm gelassen das Wort.

»Ich floh in den Wald. Als der Lärm nachließ, schlich ich zurück. Die Banditen waren abgezogen mit unserem reichen Vorrat an Kautschuk, dem Ertrag zweier schwerer Jahre. Die Teufel! Das Lager brannte lichterloh. Überall lagen die Leichen der erschlagenen Kameraden.«

Renate verstand von dem Dialekt, den der Mann sprach, keine Silbe. Sie musterte nun ihrerseits die Fremde. Sie hatte ein schönes, kluges Gesicht mit blauschwarzem, schimmerndem Haare. Unter den melancholischen, dunklen Augen zogen sich schwarze Ringe, ob des Kummers oder der Leidenschaft, konnte Renate nicht entscheiden. Sie empfand deutlich eine Feindschaft, die zwischen ihr und der Russin schwelte.

Der Gummisucher sprach fort: »Ich versuchte nun, nach Westen, zum Fluss, vorzudringen. Auf der Fährte der Bande zog ich. Jede Kolonie, die ich antraf, war eingeäschert. Männer, Frauen, Kinder niedergemetzelt.

Hier und da gesellte sich ein Flüchtling zu mir.«

Dieser Mann der verlorensten Einsamkeit sprach schlicht, sachlich, ohne Erregung.

Als er seinen Bericht von den Gräueltaten der entmenschten Banden beendet hatte, nahm wieder Delessow das Wort:

»Fünf Frauen und vier Männer brachte Senhor Caripe«, er deutete mit dem Kinn auf den Brasilianer, »mit sich zu unserem Rancho. Es war eine traurige Schar. Die Bande ist nordwärts zum Madeira gezogen. Sie kann sich aber stündlich südwärts wenden. Auch ziehen viele solcher Trupps im Urwald umher. Die Regierungstruppen sind fern und hier machtlos. Es gibt nur eine Rettung: Zusammenschluss aller Kolonisten am Madeira und seinen Nebenflüssen. Wir haben Ähnliches in Russland gegen die Roten getan. Anfangs.

»Wir haben einige Mann nach Norden geschickt, die Kolonisten zu sammeln und zu meiner Estanzia, die zur Verteidigung besonders günstig liegt, zu holen. Zu Ihnen sind wir selbst gekommen. Meine Schwester wollte nicht allein zurückbleiben.« Delessow schwieg.

Anna Iwanowna blickte Ortner aus brennenden, schamlosen Augen an.

Gedon erhob sich.

»Ich denke nicht daran, meinen Besitz ohne Schuss diesen Halunken zu überlassen«, sagte er fest. »Ich reise noch heute Nacht heim. Aber ich bitte Sie, meine Frau auf Ihre Estanzia mitzunehmen, Herr ...? Delessow - glaube ich, war Ihr Name.«

Der Balte nickte und erwiderte: »Sehr gern.«

Da stand Renate neben ihrem Mann.

»Du glaubst doch nicht im Ernst«, rief sie, »dass ich dich in der Gefahr verlassen werde! Ich würde es für vernünftiger halten, wenn wir uns den anderen anschlössen. Ich begreife aber auch deinen Standpunkt. Du hast zu entscheiden. Aber ich bleibe bei dir.«

Sie wusste, dass keine Macht der Erde vermochte, Gedon umzustimmen, wenn er einen Entschluss gefasst hatte.

Er hatte nichts anderes von ihr erwartet. Zaghaft streichelte er ihr über Schulter und Arm, eine geheime scheue Liebkosung.

Ortner biss sich die Lippen blutig vor Schmerz und Eifersucht. Daher hatte sie ihn abgewiesen! Daher! Sie liebte diesen Mann. Nur Liebe konnte dieses Opfer bringen. Nur Liebe gab diesen Mut. In diesem Augenblicke hasste er sie.

Der Russe suchte Gedon zu überreden. Die Schwester schwieg mit verkniffenen Lippen. Sie liebte Ortner. Sie wünschte nicht, dass diese Rivalin bliebe.

Doch Gedon wehte die mahnenden Worte des Russen beiseite. Wenige Augenblicke später stieß sein Boot vom Ufer. Rasch hatte das Dunkel des Stromes es verschlungen.

Kurze Worte bildeten den Abschied. Hastig, flüchtig nur gaben Renate und Ortner sich die Hand. Keiner sprach. Dann blieben die andern allein.

Delessow trieb zum Aufbruch.

»Ich bleibe«, sagte Ortner. Es war wie ein Erwachen.

Da trat Anna Iwanowna dicht an ihn heran.

»Sie dürfen nicht bleiben!«, rief sie. »Es ist Ihr sicherer Tod. Kommen Sie. Ich flehe Sie an.« Ohne

Scheu vor den andern berührte sie ihn mit ihrem Körper, überhauchte ihn mit dem Dufte ihres Leibes.

Er schüttelte den Kopf.

Sie sprach weiter auf ihn ein.

Die andern gingen zum Ufer, das Boot fertig zu machen. Da raunte sie eindringlich: »Kommen Sie, verteidigen Sie mich. Ohne Sie fürchte ich mich. Kommen Sie, kommen Sie!«

Sie fasste seine Hand. Er dachte an die Frau, die er geliebt hatte, die er hasste, die jetzt auf dem schwarzen Fluss mit einem anderen dem Tod entgegentrieb.

Plötzlich schlang Anna Iwanowna die Arme um seinen Hals, küsste ihn lechzend und flehte: »Komm, komm, du bist mir alles, Leben, Glück, alles, jetzt schweigt jede Verstellung, jede Scham, es gilt dein Leben, ich liebe dich, lange schon, lange schon!«

Er war zu stumpf, zu betäubt von Renates Abschied, um überrascht zu sein. Er war zu müde, zu zerschlagen, um Widerstand zu leisten.

»Ich komme«, sagte er rau, löste sich zermartert von ihr und ging, seinen Leuten den Befehl zum Aufbruch zu geben.

Bald ruderten in der raschen Strömung des Aripuanan drei Boote zum Norden. Im ersten saß dicht neben Anna Iwanowna, Walter Ortner. Im Dunkel der Nacht hielt sie seine Hand. Er merkte es nicht. Weit ab schon kämpfte gegen den Strom nach Süden das andere Boot. Gedon und Renate schwiegen. Nur einmal sagte er schlicht und innig:

»Ich danke dir, Renate, für diesen großen Beweis deiner Liebe.«

Kapitel 6

Ungefährdet kamen sie heim. Friede und Ruhe lag über der Estanzia, die Simplizio, der Schwarze, treulich behütete.

»Ich wusste es ja«, nickte Gedon vor sich hin, »bis hier herauf kommen die Halunken nicht.«

Er erzählte seinen Leuten kurz von den Vorgängen im Land, organisierte einen regelmäßigen nächtlichen Wachtdienst und ging an die Arbeit.

Für Renate war das große, inbrünstig ersehnte Erlebnis vorüber. Alltag war wieder. Wieder stand sie am Ufer des Flusses und blickte, die Augen gegen die Sonne beschattet, nach Norden. Und das, was die Hoffnung und Erwartung ihres Daseins gewesen war, solange sie hier am Castanho lebte, lag nun als Vergangenheit hinter ihr. Sie hatte ihn wiedergesehen. Sie hatten miteinander gesprochen. Und nun war alles vorüber – bis zum nächsten Jahre.

Jetzt, da sie wieder an der alten Stelle des Ufers stand und ihre Sehnsucht den Fluss hinabsandte, wusste sie, sie würde es nicht ertragen. Es war undenkbar, dieses schmerzende Verlangen in der Brust, dieses fast körperliche Trennungsweh Tag für Tag, Woche für Woche, ein langes, endloses Jahr dieser Einsamkeit zu erdulden.

Es schien ihr, sie habe Ortner vor diesem Wiedersehen nie geliebt. Erst jetzt liebte sie ihn, aus ganzer Seele, von ganzem Gemüte. Sie krümmte sich in qualvoller Angst bei dem Gedanken, dass ihm Gefahr drohe. War er auf seinem Rancho geblieben? War er mit den anderen gegangen? Es war eine sinnzerrüttende Folter, nichts von ihm zu wissen.

Der Abschied war eine Betäubung gewesen. Das Treue, Ehrliche, Pflichtbewusste in ihr hatte alles andere niedergeworfen, das sich erst während der langen Flussfahrt staunend, klagend, vergewaltigt wieder aufrichtete.

Sie begriff jetzt kaum noch, woher sie die Kraft genommen hatte, ihm zu wehren. Suchte in langen Grübelstunden zu ergründen, was sie eigentlich von diesem Wiedersehen erwartet hatte. Sie fand, dass sie dieses fiebernd erharrte Glück niemals bis zum Ende durchdacht hatte. Von dem Wiedersehen hatte sie geträumt, davon geschwärmt, es sich ausgemalt, weiter nichts. Hatte vergessen, dass auch auf der anderen Seite ein Mensch von Blut und Willen stand, der Forderungen stellen konnte und musste.

Sie hatte Stunden, in denen sie sich weit fort vom Haus stahl durch unwegsamen Urwald und bitterlich vor hilfloser Sehnsucht weinte. Dann sah sie sein verstörtes, erstorbenes Gesicht beim Abschied. Fühlte seine Küsse durch die Kleider auf ihrem Leib brennen. Fluchte in ohnmächtiger, klagender Reue ihrem Widerstand. Und wusste doch im Tiefsten, sie würde ihm wieder so antworten, wie sie ohne Überlegung, unbedacht fast, aus ihrer wahrsten Natur heraus gesprochen hatte. Sie rang die Arme zum Dome des Urwalds empor und blickte um sich mit den scheuen irrenden Augen eines gefangenen Tieres. Wie in einem Käfig saß sie, gefesselt und verstrickt in ihr Schicksal und in ihren Charakter.

Müde und zerschlagen schleppte sie sich dann zurück zur Estanzia, wo besorgte Blicke und Fragen Gedons sie empfingen. War es das Klima, das sie nicht ertrug? Hatte sie Angst vor einem Überfall der Banden? Fühlte sie irgendein bestimmtes Unbehagen?

Sie schüttelte mit einem kleinen, schmerzlichen Lächeln zu allem den Kopf. Und einmal küsste sie in einer plötzlichen Aufwallung der Schuld und Scham dem besorgten Mann die Hand.

»Renate!«, stammelte er verdutzt und bestürzt.

»Du bist so gut«, entschuldigte sie ihre impulsive Tat.

Dann kam der Überfall.

Es war in der Dämmerung. Ein heißer, stiller Tag. Sie hielt es im Zimmer nicht aus. Eine Sehnsucht, die stärker war als alles, was sie bisher erlitten hatte, raste in ihrer Brust. Sie rannte kopflos hinaus in den Wald. Gedon schlief noch. Er wurde an Seltsamkeiten seines Weibes immer mehr gewöhnt.

Da, etwa dreihundert Meter vom Haus, hörte sie plötzlich wildes, rohes Geschrei. Sie stand gelähmt. Sie wusste sofort, was es bedeutete. Als habe sie es diese ganze Zeit über erwartet. Eine Kälte wehte in der Herzgegend.

Dann überwand sie das erste Entsetzen und rannte den eng geschlagenen Urwaldpfad zurück.

Das wüste Johlen wurde jetzt von dem scharfen Knall von Schüssen durchtönt. Sie erkannte das große Jagdgewehr ihres Mannes. Jetzt rollten die Schüsse ununterbrochen. Dazwischen gellten Todesschreie.

Jede Furcht war nun von ihr gewichen. Sie hatte

nur den einen Gedanken, bei ihrem Mann zu stehen, ihm zu helfen, an seiner Seite zu kämpfen, ihn zu schützen, zu verteidigen.

Sie kam zur Lichtung, gedeckt von dem dichten Wall der Bäume. Der Hof war schwarz von einer Horde zerlumpter Burschen in allen Schattierungen der Haut. Ohne Deckung standen sie da, schrien, schossen, fielen. Drängten gegen die Tür des Wohnhauses, suchten sie einzudrücken, schlugen mit Kolben gegen die Fensterläden. Auf der Erde lagen dunkle Gestalten auf dem Rücken, die Arme emporgereckt, die Finger seltsam verkrallt. »Wie auf Kriegsbildern«, durchzuckte es Renates Hirn.

Immer wieder krachte es aus der Stube. Und immer brach einer draußen zusammen. Auch das Gesindehaus war dicht umzingelt. Dort kämpfte Simplizio tapfer mit seiner Schar.

Jetzt schlich eine Rotte um das Wohnhaus herum. Trockene Palmenblätter, Schilf in den Armen. Das Herz setzte ihr aus. Sie wusste, was das bedeutete. Gleich darauf prasselte das Feuer auf.

Sie griff sich ins Haar. Das hatte sie schon irgendwo gesehen. Ja, in Berlin im Film, in wilden Abenteuerfilmen. Aber das gab es doch nicht! Das war doch nie Wirklichkeit. Das geschah doch im fühlbaren Leben nicht! Vor ihren Augen. Sie berührend, sie betreffend. Sie rieb wirr ihr Gesicht. Das war doch Traum.

Aber sie hörte das Feuer knistern, hörte es die von der Tropenhitze ausgedörrten Palmenstämme gierig anfressen. Jetzt flogen brennende Zweige auf das Dach von Palmenblättern. Zuckend sprühte die Flamme hoch. Auch das Gesindehaus wurde zur Fackel. Renate stand zwischen dem Gestrüpp mit vorgebeugtem Körper. Sie wollte vorstürzen, sich zwischen die Bande werfen, mit ihren Fäusten, ihren Nägeln, irgendwie. Eine Wut war in ihr, ein Hass, ein unbedachter, verzweifelter Grimm.

Da sah sie einen Kerl, abgerissen, in Fetzen gekleidet. Ein tückisches Gesicht, das sie kannte. Joao, ihr früherer Knecht, der Gaucho, der ihr nachgestellt hatte.

Blitzhaft durchschaute sie alles. Dieser Schurke hatte die Bande hergeführt. Er suchte Rache an ihrem Mann für den Faustschlag und er suchte - sie.

Der Mischling blickte in ihrer Richtung. Sie glaubte, er habe sie gesehen. Er machte einige Schritte auf ihr Versteck zu. Sie wich in Todesfurcht zurück. Warf sich auf den weichen Waldboden, kroch auf Händen und Füßen, wie ein fliehendes Tier, jedes Geräusch zu vermeiden. Fiel, von Angst zerbrochen, flach auf den Leib, lag, rote Ameisen fielen über ihre Hände her, Blut quoll aus der Haut. Sie sprang empor. Blickte sich irr nach einer Rettung um. Lief einige Schritte, taumelte gegen einen Baum. Wusste dunkel, man würde sie suchen, wenn man sie nicht dort drüben fand. Ihre Spur im Urwald war leicht zu verfolgen. Ihr Hirn arbeitete rasend. Wohin? Wohin denn? Wie diesem Gaucho und seiner mordenden Gier entrinnen?

Sie starrte empor, hatte einen jähen Gedanken. Packte eine tiefhängende Feigenkette, schwang sich empor.

Plötzlich war sie in einem weit verstrickten Netz von Lianen. Wie eine Strickleiter war es. Sie stieg und stieg, klammerte sich mit den Händen an, zog sich empor, scheuchte Papageien und Pfeffervögel, fiel fast hinab, weil sie einen dicken Ast für eine Cobra hielt, und klomm und hing und schwebte, fand wieder einen zitternden Halt für die tastenden Füße.

Das Tageslicht erlosch, grünes Dunkel umfing sie. Sie kletterte mit einer Benommenheit im Kopf, dachte immerzu: Alles ist Wahnsinn, und griff über sich einen wilden Weinhang und zog den Körper nach, fühlte sich zerschunden, hörte ihr Kleid fetzen, kletterte, hing, schaukelte an den Händen, schwang sich wie ein verfolgter Affe in den Gipfel des Urwaldes.

Dann wurde es wieder hell um sie. Und da kehrte klares Bewusstsein zurück. Sie umklammerte den nahen starken Ast einer Palme, schwang sich hinauf. Sie war hoch über dem Boden, den sie nicht sehen konnte. Aber vor sich sah sie, durch das Gewirr der Blätter, Zweige und Bäume. Sah den Hof, sah die rauchenden, blaurot brennenden Häuser, sah die Gauchos mit anschlagbereiten Gewehren warten. Gleich, gleich mussten sie ausbrechen aus den tödlichen, flammenden Häusern.

Es dauerte nur Sekunden. Da öffnete sich die Tür des Wohnhauses. Eine kleine, gedrungene Gestalt, unkenntlich schwarz vom Rauch, stand auf der Schwelle. Die Salve knatterte. Die Gestalt schwankte, reckte sich, stürzte vor, den Revolver in der Hand, warf sich in den dichten Knäuel der Banditen, der Revolver blitzte auf, einmal, zweimal, zwei warfen die Arme hoch, fielen gegen ihre andrängenden Hintermänner. Von ihrer Höhe konnte sie in den Knäuel hineinblicken, sah zehn braune Burschen sich an ihren Mann hängen, er schüttelte sie mit Riesenkräften ab, stand noch einmal frei, Blut rann über sein Gesicht, noch zweimal blitzte die Waffe auf. Es stürmte hervor aus dem Gesindehause, eine Salve krachte, viele stürzten steif wie Planken. Doch Simplizio lief zu seinem Herrn, hieb mit einer schweren Eisenstange um sich, war neben Gedon, der blind von Blut torkelte, packte ihn, riss ihn dem Wald zu.

Da krachte es wieder. Gedon fiel auf das Gesicht, Simplizio reckte sich steif auf, stand sekundenlang schief nach hinten geneigt und schlug dann rücklings über.

Dann wurde es still. Der Kampf war aus. Sie sah deutlich, wie die Hände ihres Mannes seltsam den Boden schlugen. Da packten sie ihn, zwei Kerle, einer war Joao, er hielt Gedon an den Armen, grinste auf sein Gesicht nieder, schrie ihm etwas zu mit fletschenden Zähnen. Dann, ein heftiger Schwung, der Körper flog in die aufprasselnden Flammen des Hauses.

Da schrie Renate auf, verlor ihren Halt und stürzte in die Tiefe.

Kapitel 7

Eine Frau geht durch den Urwald.

Sie taumelt vorwärts, haut sich den wildverwachsenen, nie betretenen Pfad mit der Machete. Der Schritt wird langsam, schleppend, die Beilhiebe matter, aber sie geht und geht. In ihrem Herzen ist keine Hoffnung, dass sie ihr Ziel erreicht. Sie geht automatisch, wie im Rausch Stunde um Stunde, Tag für Tag, stürzt, rafft sich auf, geht, geht.

Denn am Ende des unendlichen Weges ist einer, den sie liebt.

Renate war bei ihrem Sturz von dem Geschling der Urwaldschmarotzer aufgefangen worden wie auf einer federnden Matratze. Lange lag sie in tiefer Ohnmacht, dann in flatterndem Dämmerzustand tödlichster Erschöpfung. Als sie zu benommenem Bewusstsein erwachte, sah sie über sich, im Dunkel des Himmels, zwischen den düsteren Schatten der Bäume die Sterne des Südens glühen. Lange lag sie starr auf dem Rücken, ohne klare Gedanken und fühlte sich wund in den steifen Gliedern. Kein Staunen war in ihr, keine Furcht und keine Frage.

Dann plötzlich fielen die Erinnerung und das Wissen über sie her. Es kam nicht aus dem schweren Gehirn. Es war, als bräche es aus dem Herzen hervor. Wie eine Flamme lohte jählings ein unerträglicher Schmerz auf in der Brust. Alles wusste sie wieder. Ein eisiges Entsetzen riss sie empor. Die Lianen unter ihr schaukelten und wippten. Sie griff ins Dunkel und klammerte sich angstvoll an eine dicke Rebe, die sie tastend fand und packte.

Die hastige Bewegung scheuchte das schlafende Leben der Bäume in ihrer Nähe. Vögel kreischten erschreckt auf, Insekten schwirrten mit wütendem Gesumm, Vierfüßler fauchten und krochen leise von dannen. Blätter und Zweige rieselten nieder wie leiser Regen.

Renate saß zusammengekauert, vor Angst und Grauen zusammengeschnürt, sacht hin und her gewiegt, brennend von dem grausamen Bewusstsein: Mein Mann ist tot, mein Mann ist tot! Ohne die Gefahr des Absturzes in die schwarze Tiefe zu achten, warf sie sich wieder zurück auf den Rücken, zog krampfhaft die Knie zur Brust hinauf, lag mit zuckenden geschlossenen Lidern, zitterte in Schauern des Grauens und zwischen ihren fest verbissenen Zähnen quoll zischend das Stöhnen ihres Jammers hervor.

Verängstigt horchten ringsum die Tiere des Urwaldes auf die verwirrenden, nie gehörten Laute.

Und dann, inmitten ihres vernichtenden Wehs, öffnete sie weit die Augen und blickte starr in den dunklen Himmel über sich. Sie fühlte plötzlich, geisterhaft schaurig, tief ernst, erschüttert, dass sie nun frei war. Frei für ihn!

Sie erbebte bei dieser Erkenntnis so heftig, dass sie sich wieder anklammern musste, um nicht abzustürzen. Sie schlotterte wie im Schüttelfrost bei diesem einstürmenden Gedanken.

Bebend, zähneklappernd lag sie, bis der Tropenmorgen kam.

Da erst dachte sie an Einzelheiten, richtete sich vorsichtig auf und blickte hinab auf die Lichtung der Estanzia.

Die beiden Häuser schwelten noch mit einem durchsichtig dünnen bläulichen Rauch, der kerzengrade stieg in die unbewegte Hitze des Tages. Die Tore der Ernteschuppen standen weit auf; schwarz gähnte ihre Tiefe.

Kein Mensch war zu sehen.

Renate überlegte. War die Bande abgezogen? Hatte Joao es aufgegeben, sie zu finden? Sie versuchte zu denken. Doch es war wie Nebel hinter ihrer Stirn. Mechanisch kletterte sie hinab. Es war weit schwieriger als der Aufstieg gestern auf der Leiter der tödlichen Furcht. Oft sah sie keine Möglichkeit, oft weinte sie vor Zermürbtheit und Schwäche. Aber es gelang. Sie fand den Boden. Sie blickte sich um. Rings umher waren neue Wege in das Gestrüpp des Unterholzes geschlagen, deutliche Weisungen, wie ergrimmt man sie gesucht hatte. Da sie keinen Laut vernahm, wagte sie sich weiter vor, auf den Hof.

Sie schlich zu den Trümmern des Wohnhauses. Es war völlig niedergebrannt. Nur einige verkohlte Stümpfe ragten noch schwarz aus dem Boden. Zwischen ihnen war alles dampfende Schlacke.

Tiefgebeugten Hauptes stand sie, im Gedanken, dass dort drinnen, in dieser kohligen Masse, der Mann lag, der sie aus Europa herübergeführt hatte, der immer Güte und Liebe zu ihr gewesen war. Sie brach hart auf die Knie nieder, von Schmerz und Schicksal gerüttelt. Und plötzlich lag sie, das Gesicht gegen die Erde gepresst, und winselte wie ein gepeinigtes Tier. So lag sie lange.

Dann raffte sie sich auf, wischte mit der Hand den Sand von Stirn und Mund und strich das vorgebauschte Haar zurück. Ihre Züge wurden hart.

»Ich muss handeln«, dachte sie und ging zu den Schuppen. Eine dunkle Schar grauer Aasgeier erhob sich wütend kreischend in die Luft. Überall lagen die verkrampften Leichen, schon angefressen von den gierigen Schnäbeln. Ein süßlicher, brechreizender Verwesungshauch war in der Luft. Dort war Simplizios Ebenholzkörper, blank und glänzend. Hier die anderen Diener in Reihen, wie die Salve sie hingemäht hatte. Dazwischen zerlumpte Gestalten, das blau-grüne Band am Arm.

Sie schlich, Übelkeiten niederzwingend, um dunkle Blutlachen.

Die Schuppen waren leer. Alle Bestände geraubt. Der Hühnerstall verödet. In panischem Schrecken wandte sie sich plötzlich um, stürzte zum Ufer.

Die Boote waren fort.

Sie stand betäubt. Und aus dieser vernichtenden Bestürzung wuchs ihr die Gewissheit, dass sie den Weg zu Fuß machen müsste, den Weg nach Norden, zu ihm. Zu ihm musste sie. Er war ihre Zuflucht. Er war ihre Rettung.

Sie wurde ganz klar und hellsichtig. Sie wusste, was sie unternahm. Ihr blieb keine Wahl. Hier konnte sie nicht bleiben, an dieser Stätte des Untergangs und der Verwesung.

Am Boden blinkte vergessen eine Machete. Alle

Waffen hatten die Räuber mitgenommen. Sie musste gehen, wie sie da stand. Alle Kleidung war verbrannt.

Sie ging wieder zu den Ruinen des Hauses. Stand lange dort in Tränen und Gedenken. Dann wandte sie sich entschlossen um, überquerte den Hof nach links, stand an den Feldern, sie waren verwüstet, zertrampelt, alles Reife herausgezerrt, abgerissen, blickte noch einmal zurück, biss die Zähne fest zusammen, nicht aufzuschluchzen, und rannte, gehetzt von Entsetzen und Erinnerung, dem Urwald zu, stromab.

Kapitel 8

Eine Frau geht durch den tiefen brasilianischen Urwald. Tag für Tag. Eine kleine, zarte, mondäne Frau, die noch vor einem Jahre in der Scala zu Berlin getanzt hat. Sie geht, Furcht und Entsetzen im Herzen, aber auch Entschlossenheit und Berufung. Sie muss zu dem einzigen Menschen, den sie auf der Welt liebt. Hunderte von Meilen unerforschten, nie begangenen brasilianischen Urwalds scheiden sie von ihm. Sie muss dieses Trennungsgebiet überwinden. Es ist Notwendigkeit, Gesetz ihres Lebens. Dieser Schicksalszwang ist stärker in ihr als Furcht und Bangen vor dem fast Unmöglichen, das sie wagt. Sie könnte vielleicht doch auf der Estanzia bleiben, die Leichen dem Fluss geben, hier ihr Leben fristen, bis Hilfe kommt. Einmal wird sie ja kommen. Sie werden oben am Aripuanan an die Siedler vom Castanho denken. Aber wann? Wann? Nur flüchtig kreuzt der Gedanke ihren Sinn. Er hemmt nicht eine Sekunde ihren Schritt. Sie will zu ihm, zu ihm. Ihm sagen, dass sie frei ist.

Es ist kein Frevel in ihr, keine Freude über ihre Befreiung. Nur ehrlicher Schmerz und innigste Trauer über das tragische Los ihres Mannes. Wenn sie an sein furchtbares Ende denkt, verzerrt sich ihr Gesicht und die Tränen rinnen.

Doch sie muss zu dem andern, ihm sagen, dass sie frei ist. Das ist wie eine heilige Mission. Denn der andere ist ja ihre Bestimmung, ihr Anteil am Glück dieser Erde.

So geht sie. Wie eine, die Stimmen gehört hat. Unbeirrbar. Wie Johanna d'Arc zum König von Frankreich ging.

Renate Gedon geht durch den Urwald nicht in Untreue, nicht in leichtfertigem Vergessen eines teuren Toten, sie geht, weil es ihr Los ist, durch den mörderischen Urwald zu dem Geliebten zu gehen.

Die ersten Tage schreitet sie mit unbeschwerter Kraft. Sie geht möglichst dicht am Fluss. Am Ufer führt kein Weg. Dort ist oft Morast, dort stehen bis zum Wasser die Sumpfpalmen, diese seltsamen Bäume ohne Stamm, deren Kronen am Boden hinkriechen, riesige Federbüsche emporrecken von zwanzig Meter langen, gefiederten Blättern. Doch sie geht so dicht als möglich am Strom, der ihr Kompass und Wegweiser ist. Mit der Machete haut sie sich den Pfad durch das widerspenstige Gestrüpp, das sie auf allen Wegen dicht umsteht, umduftet, umringt. Es ist, als ginge sie in der Heimat an einem Hundstage durch hochragendes Korn. So schwül, so summend, so benommen, so eng und umstanden fühlt sie sich.

Jeden Morgen dringt sie zum Wasser vor, trotz der nervösen Furcht vor den Piranha, zu baden, die müden Füße zu kühlen. Oft am Tage treibt der verdorrende Durst sie zur Flut.

Sie lebt von wilder Ananas, Kokos- und Brasilnüssen, von Bananen, von Beeren, die oft den Tod drohen, da sie sie nicht kennt. Doch der Hunger nagt. Sie verliert viel Kraft durch die unzureichende Nahrung.

Doch sie geht, geht, den Fluss stets zur Rechten.

Die Sonne steht fast senkrecht über ihrem unbedeckten Haupt. Sie loht durch den Wald aus wolkenlosem Himmel. Es ist sengend heiß. Die Hitze stürzt in Wellen über sie hin. Ihre Wäsche, ihr Kleid ist stets feucht vom Schweiße. Sie geht, geht und haut sich den Weg mit der Machete. Sie sieht den Urwald, wie sie ihn nie zuvor gesehen hat.

Sie trifft den Jaguar, den Puma, die furchtbare Jararaca, die Cani-Nana, diese bösen Giftschlangen, die gato di matto, die Waldkatze, ein zierliches, schönes Tier mit seidenweichem, tigergesprenkeltem Felle. Sie begegnet am Flussufer dem Cayman. Aber sie weiß längst, dass diese Tiere ungefährlich sind, wenn man sie nicht reizt. In der Welt draußen, die hier ferner liegt als die Erde reicht, denken die Menschen an diese Bedrohung, wenn sie vom Urwalde sprechen. Renate weiß, dass diese Gefahr nicht größer ist als die, in den Straßen Berlins vom Auto überrannt zu werden.

Die wahre Angst und Qual des Urwaldes sind die Insekten. Sie können den Tod bedeuten. Diese kleinen, furchtbaren Bestien, die Moskitos, die Mücken, die giftigen fliegenden Ameisen, die roten Moribundi-Wespen, von denen zehn den stärksten Mann niederstechen, die Bernifliege, die ihre Eier in die Menschenhaut legt und schmerzende Geschwüre erzeugt, das sind die Folterknechte und Mörder des Urwaldes.

In stetem Kampf mit diesem fliegenden Gezücht ging sie ihren Weg. Die ersten Tage erlebte sie noch den Wald. Sah die starken, schlanken Stämme der Palmen, diese edlen Säulen mit den gefächerten

Kapitalen. Sah die Gummibäume mit den immer in Sätzen zu drei angereihten Blättern, sah die Giganten der Brasilnussträger. Und sah Lianen in allen Formen, Verrenkungen und Gliederungen. Sah Veilchen wuchern, Orchideen qualmen, sah Bacchanale von roten, blauen, gelben Blumen, unbekannte Wunder. Sah Schmetterlinge von flammenden Farben wie Märchenblumen und ging, trotz aller Furcht bewusst Schönheit genießend, durch dieses schwüle, berauschende, grüngoldene Wunder der Düfte, Blumen und bunten Tiere. Trotz aller Ängste schritt sie mutig, mit offenen, begreifenden Augen durch Dickicht und Gebüsch und atmete die Süße, die auf der heißen, stillen, brütenden Luft dahinwogte.

In dem tiefen Grün über ihrem Haupt schwatzten die Affen, die sie aufgeregt auf den luftigen Brücken geleiteten, drollige, putzige Gesellen, die oft vertraulich herabklommen, ganz dicht, sie aus klugen gelben Augen anglotzten und in plötzlicher Panik die Weite der Höhe suchten. Strahlende Papageien schrien ihren Staccatoschrei; Völker von Parakeets malten mit ihrem grün-blauroten Gefieder bunte Flecke in das Düster; Toucans, Pfefferfresser, riefen ihr neckend zu, wundervoll grünschwarz mit weißen Hälsen, roten Kehlen, rot-gelben Schwanzfedern und riesigen, gebogenen, schwarz-gelben Schnäbeln.

Noch sah sie und erlebte. Hörte noch den sanften Fall der Kokosnüsse auf dem weichen Waldboden, hörte das Rascheln und Weben in den dunklen, fleischig-dicken, glänzenden Blättern ringsum.

Drei Tage widerstand sie dem Urwalde und seiner

Macht. Dann überwältigte er die junge Frau, die ihm zu trotzen wagte.

Der vierte Tag begann mit einem Missgeschick. Ein Urwaldgewitter sauste über sie. Die Luft war schwer und bleiern. Sie nahm ihr den Atem; an ihre Glieder ketteten sich schleifende Gewichte. Dann brach es los. Ganz plötzlich. Es pfiff gellend in den Wipfeln. Schon raste der Orkan daher. Bog die höchsten Waldriesen wie Rohr. Der Himmel war ein zuckendes, blau-rot-weißes Flammenchaos. Der Donner krachte ohne Unterlass. Wolkenbrüche gingen nieder. Sie stand inmitten dieses Aufruhrs, gelähmt, hilflos, vom Sturm hin und hergeworfen, von Wassermengen überflutet. Neben ihr, vor ihr, hinter ihr krachten und brachen die Bäume, schlug der Blitz in die hohen Stämme, fällte sie, warf sie gegen die andern, ein Stürzen, Splittern, Zerbersten ringsum. Sie wusste nicht, wohin sie springen sollte, dem mörderischen Niederbruche zu entrinnen. Ein zerspellter Riese riss im Todesfalle zehn andere mit sich. Geblendet, zerzaust, von dem ohrenbetäubenden Donner irr und betäubt, warf sie sich zu Boden, fühlte, wie das Wasser unter ihr stieg, ihr bis auf die Haut drang. Neben ihr sauste ein Baum nieder, der Luftdruck erstickte sie beinahe, dicht vor ihrem Kopfe ging das gesamte Wurzelwerk eines Gummibaumes hoch aus der Erde. Sie lag, eine kleine, armselige Kreatur in diesem wahnwitzigen, menschliches Fassen verhöhnenden Rasen der Natur.

Doch ebenso schnell wie das Unwetter losgebrochen war, verebbte es. Der Tumult legte sich plötzlich. Die jäh eintretende Stille war fast ebenso atemraubend wie die Orgie der entfesselten Elemente.

Renate hob den Kopf. Ihr Haar troff. Es schien ihr unbegreiflich, dass sie dem Verderben entronnen war. Sie nickte vor sich hin, während sie sich erhob. »Schicksal«, dachte sie, »ich soll ihn erreichen.«

Es regnete noch in dichten Strähnen. Der Wald tropfte und dampfte. Jeder Pfad war unwegsam durch zerknickte Stämme. Sie musste klettern, fortwährend. Ihr Kleid qualmte. Doch sie schritt mutig aus. Aber sie fühlte, wie ihre Kräfte erlahmten. Mit der Nässe auf ihrem Leibe mischte sich der Schweiß. Der Wald war herzbeklemmend wie ein Dampfbad.

Jetzt regten sich die Quälgeister des Waldes wie nie zuvor. Alles Leben war erfrischt. Die Moskitos, Ameisen, Fliegen, Wespen stürzten sich blutgierig über sie. Ihr zerstochener Körper wurde zu *einer* großen, schmerzenden, wunden Beule. Ihre Nerven gaben nach. Eine Stumpfheit überkam sie.

Es wurde ein schwarzer Tag. Die Hitze stieg unerträglich, als der Regen nachließ. Die Luft war noch voller Dunst. Aber dann verbrannte die Sonne den Nebel und drang hindurch in roter Pracht, wurde golden und stieg zu weißer, wolkiger Furchtbarkeit. Immer wieder musste sie über niedergebrochene Stämme klettern, von den Insekten verfolgt und gehetzt.

Am Abend fasste sie wieder Mut. Sie fand ein liebliches Lager, eine Bucht am Fluss mit einem Strand von weißem Sand. Hier badete sie, aß einige Nüsse, die sie gesammelt hatte, und fiel erschöpft nieder. Sie war zu müde zu schlafen, auch zu denken. Ihr Körper schmerzte und in den Wunden tickte der quellende Eiter. Durch die halbgeschlossenen Lider sah sie plötzlich eine Helle. Erschreckt richtete sie sich auf. Es waren Leuchtkäfer, deren starkes phosphoreszierendes Licht sie fast blendete.

Beruhigt legte sie sich wieder nieder. So ermattet sie war, hörte sie doch die leisen Geräusche des Waldes. Das sanfte Rühren der Vögel, das gedämpfte Schleichen der Tiere, das Fallen der reifen Früchte, das Murmeln des Nachtwindes in den fedrigen Palmen und atmete den narkotischen Odem der Wildnis. Dann schlief sie ein.

Sie erwachte erst, als die Sonne schon tödlich auf sie herniederstieß. Sie suchte sich aufzurichten. Ihr schwindelte. Sie sank zurück. Betastete ihr Gesicht, das glühte und schmerzte. Es war gedunsen, von den Stichen verquollen. Ihre Hände waren unförmliche Gebilde, voller Eiterbeulen. Sie befühlte den Körper. Er war geschwollen, gewölbt in schwärenden Hügeln. Das Fieber kochte in den Adern.

Einige Augenblicke lag sie matt und reglos. Ihre Gedanken irrten ab, unkontrollierbar. Dann raffte sie sich auf. Hier liegen bleiben, bedeutete sicheren Tod. Und sie musste doch zu ihm gehen, ihm sagen, dass sie frei war für ihn.

Sie hockte sich auf die Knie, riss mit Händen, die vor Schwäche zitterten, ihre Kleider ab, die an den Wunden klebten. Betrachtete ihren zerstochenen, zerbissenen, brandigen Leib mit schmerzirren Augen.

Mühselig stand sie auf, schleppte sich ins Wasser, vergaß die Gefahr der Piranha.

Die Kühle tat den Wunden gut. Etwas erfrischt setzte sie sich in Marsch. Doch bald erlahmte sie.

Von diesem Tage an schleppte sie sich dahin, Sie sah nicht mehr den Wald. Sie war dumpf und blind. Sie taumelte vorwärts. Mechanisch setzte sie Fuß vor Fuß. Mechanisch hieb sie mit der Machete den Weg. Sie fühlte kaum noch den Stich der giftigen Feuerameisen, empfand es kaum, wenn die Stacheln einer kleinen Palmenart ihr die Eiterbeulen schlitzten. Sie ging, Stunde um Stunde. Sie trat, ohne noch darauf zu achten, in ein Wespennest, dessen Bewohner sie wütend anfielen. Sie wehrte sich matt, lief, stürzte, fiel in einen Zug der fleischfressenden Raubameisen, sprang, von den Bissen aufgepeitscht, empor, lief, stolperte, griff, Halt suchend, nach einem Zweige und schüttelte einen Regen mörderischer Insekten auf sich nieder, die sie stachen, bissen und verbrannten, durch die elenden Fetzen ihrer Kleider hindurch.

Ihr Leib wurde *ein* giftiger, gärender Eiterherd. Das Fieber wütete in ihr. Sie verlor jedes Bewusstsein von Zeit und Tag. Sie ging, sie schlief, sie aß. Wie ein Nachtwandeln war es. Die Vergangenheit in ihr war erloschen. Sie dachte nur, wie unter Qualm, an ihr Ziel. Sie musste zu ihm. Außer diesem Fieberwahne lebte nichts mehr in ihr. Nur das Ziel brannte noch. Sie fiel vorwärts, taumelnd, lag auf der Erde, erhob sich, eine armselige, wehrlose Beute des Urwaldes. Sie badete nicht mehr, wusch sich nicht mehr. Ihre Haut war schmutzig, verkrustet, zerborsten. Ihr Haar verfilzte, war voller Blätter, Zweige, Insekten und Erde. Sie aß aus Instinkt. War nur noch eine Maschine mit dem Triebrad: Zu ihm, zu ihm.

Oft verlor sie die Richtung. Wusste, sie habe sie verloren, konnte aber in ihrem Hirn nicht mehr den Kompass finden, nach dem sie sich bisher gerichtet hatte. Dann setzte sie sich nieder und grübelte, grübelte. Ihre Gedanken wichen aus, zerstoben, glitten, ließen sich nicht bannen. Manchmal dauerte es Stunden, in denen sie ohne jedes Denken saß, bis sie sich endlich darauf besann, dass es der Fluss war, nach dem sie sich richten musste.

Dann suchte sie ihn.

Es war ein Wunder, dass sie ihn immer wieder fand. Es war ein Wunder, dass sie immer wieder die Kraft hatte, aufzustehen und weiter zu torkeln. Es war das Wunder der Liebe.

Ihre Füße waren blutige Wunden. Sie fühlte es kaum.

In ihrem Kopfe kreisten Räder von bunten Farben, kaleidoskopartig. Sie ging, ging, triebhaft. Sie wusste nur: Ich muss gehen, immerzu gehen, geradeaus, am Fluss entlang. Dort ist er.

Sie ging. Jeder Schritt ein Schmerz, den sie spürte und nicht empfand. Die Schläge ihrer Machete wurden immer schwächer. Sie war stumpf geworden wie die Hand, die sie führte.

Immer wieder, Tag für Tag, raffte sie sich auf aus dem todähnlichen Schlaf.

Es war wie eine Trunkenheit, ein Rausch, ein Taumel. Später wusste sie nie, wie lange sie durch den Urwald gegangen war. Es schien ihr wie ein Tag.

Doch es war nicht ein Tag. Es waren viele, viele

grausame Tage, bis sie eines Mittags die Estanzia am anderen Ufer sah. Es war ein Zufall, dass sie sie gewahrte. Unerträglicher Durst trieb sie aus dem Wald zum Ufer. Da lag die Estanzia weiß und blendend, jenseits des Aripuanan. Die Mündung des Castanho in den Strom hatte sie nicht bemerkt. Sie wäre vorübergegangen, unaufhaltsam, gedankenlos, immer weiter nach Norden in ihrem bewusstlosen Trott.

Sie staunte nicht, freute sich nicht, war längst jenseits aller Empfindungen und starrte stumpf über das breite, graue Wasser. Noch nie hatte sie daran gedacht, dass sein Rancho am anderen Ufer lag. Sie saß, hielt den Kopf mit beiden Händen und empfand nur dunkel, jetzt sei sie am Ziele. Lange war es ihr unmöglich, ihre Gedanken zu fesseln. Endlich begriff sie, sie müsse sich bemerkbar machen. Doch zwischen diesem Begreifen und Ausführen war wieder eine lange Pause der Machtlosigkeit.

Dann zog sie sich die Reste des Kleides vom Leibe, band sie an einen langen Zweig und winkte damit müde, unmerklich fast, wie mit einer Flagge der Not. Ihr fiel ein, sie müsse rufen. Sie öffnete den Mund, rief. Nur ein kläglicher kleiner Laut drang aus ihrem trockenen Mund. Doch sie stieß ihn immer wieder aus, winkte immer wieder mit ihrer schmutzig-grauen, zerschlissenen Fahne.

Endlich sah sie drüben Bewegung. Ein Boot wurde ins Wasser gelassen. Da sank ihr der Arm. Sie glitt zu Boden. War einige Zeit bewusstlos. Fuhr auf, wusste ganz klar: Er kommt, er kommt. Lag und lächelte irr.

Plötzlich stand Ortner mit einigen Schwarzen

neben ihr. Sie wollte sprechen, konnte nicht. Er starrte ohne Begreifen. Erkannte in dem gedunsenen schwarzen Gesicht Renate nicht. Erst, als sie nach langem Mühen seinen Namen flüsterte, wankte er und brach neben ihr nieder.

»Renate!« Es war ein Schrei ohne Laut.

Er kniete neben ihr.

»Ich bin – gekommen!«, raunte sie.

»Du – durch den Urwald?!«

Ihre Augen sprachen ja.

»Und dein – Mann?«

»Tot«, formten die Lippen.

Dann schloss sie die Augen. Er raffte sich auf, hob sie in die Arme, trug sie zum Boote. Da öffnete sie wieder die Lider und hauchte:

»Ich wollte dir sagen, dass ich frei bin.«

Er knickte mit der Last in die Knie. Dann fuhr er sie über den Strom zu seiner Estanzia und – zu seinem Weib.

Kapitel 9

Ja, Ortner hatte geheiratet.

Renates Ablehnung hatte dem Mann in ihm das Rückgrat gebrochen. Er war betäubt, ohne Willen, ohne Energie zum Widerstand. Das einzige Gefühl, das in dieser erschlafften Hülle lebte, war ein lebensmüder Hass gegen die Frau, die mit dem andern gegangen war. Die es über sich brachte, ihn, der in der gleichen Gefahr schwebte, zu verlassen. Er verbiss sich in die Gewissheit, dass sie nur mit ihm gespielt habe. Als sie die Feuerprobe auf ihre Liebe bestehen sollte, versagte sie. Da warf sie die romantische Maske ab, ließ ihn in Todesnot zurück und ging mit dem andern.

Das Leben in ihm war erstorben. Nichts erweckte mehr seine Teilnahme. Das Dasein hatte für ihn Reiz und Farbe verloren. So wurde er bereit für Anna Iwanowna.

Sie war in Russland verheiratet gewesen. Ihr Mann fiel bei Grodno. Später hatte sie viel Trauriges von den Sowjets erfahren. Nach unendlichen Mühsalen gelang es ihr, mit dem Bruder aus Russland zu entrinnen. Mit den geretteten Resten ihres Vermögens siedelten sich die Geschwister am oberen Lauf des Aripuanan an.

Beide waren fleißig, zäh, an Entbehrungen gewöhnt. Was dem Bruder an Klugheit und Umsicht fehlte, ersetzte reichlich die Schwester.

Die Estanzia blühte. Delessow war mit seinem Schicksal zufrieden.

Nicht die leidenschaftliche Anna Iwanowna.

Als Walter Ortner den Aripuanan hinaufkam, blieb

er einige Tage auf der Estanzia, wurde mit russischer Gastfreundschaft bewirtet. Dann wurde er der Nachbar, ließ sich »nur« etwa hundert Kilometer stromauf nieder. Immer wieder erfand Anna Iwanowna wichtige Gründe, ihn mit dem Bruder zu besuchen. Da Ortner der nächste und einzige weiße Mann im weiten Umkreise des Urwaldes war, war er für sie der erste und der beste. Sie wollte ihn erringen.

Doch er blieb ahnungslos, blind für alle Ermunterungen und Verführungskünste. Denn seine Liebe und Sehnsucht war stromauf mit Renate Gedon gezogen, die bald nach seiner Niederlassung in die neue Heimat kam.

Jetzt aber war Walter Ortner reif für Anna Iwanowna. Umstände und Zeitverhältnisse kamen ihr zu Hilfe.

Auf der Hazienda der Geschwister strömten die Siedler vom Strom und aus dem Urwald zusammen. Es wurde ein gewaltiges Lager. Kaum hatte man es notdürftig befestigt, da erfolgte der Angriff einer starken Bande der Aufständischen. Er wurde blutig zurückgewiesen. Doch mit einer unbegreiflichen Schnelligkeit durchdrang die Kunde der Niederlage die unwegsame Einöde. Die versprengten, überall zerstreuten Horden der Blau-Grünen sammelten sich gegen das Lager der Ansiedler. Es kam zur förmlichen Belagerung. Die Überzahl der Angreifer schwoll unheilvoll an. Trotz aller tapferen Gegenwehr drangen die vereinigten Banden siegreich vor. Die Siedler wurden vom Fluss und damit vom Wasser abgeschnitten. Ihre Lage schien hoffnungslos, ihr

Untergang besiegelt. Rettung von außen zu erwarten, war Utopie und Chimäre.

Da brach in der umzingelten Hazienda die orgiastische Stimmung Todgeweihter aus. Es war wie in den belagerten Städten des Mittelalters, wie in den überfüllten Gefängnissen des Terrors der französischen Revolution. Man sah das nahe, unentrinnbare Ende vor Augen. Die Verzweiflung der Lust packte alle. Man wollte noch einmal genießen, noch einmal die Freuden dieser Erde erraffen, den schalen Rest Wonne, der einem blieb, ausquetschen bis zur Neige. Man wollte noch einmal das Leben an sich reißen, noch einmal auskosten, was das Schicksal einem ließ.

Die Ruhepausen des Kampfes wurden zu Orgien. Ohne Scham, ohne Scheu und Schonung. Denn alle wussten, dass morgen das Ende kam. Die Ausnahmezeit gebar Ausnahmeempfindungen. Prüderie war erloschen, Anstand erdrosselt, Moral war tot. Nur die Lust lebte und die Gewissheit, dass es die Letzte war.

Dieser Taumel des Lagers trieb Ortner zu Anna Iwanowna. Er war vielleicht der Einzige unter diesen Todbedrängten, der in Freude und Heiterkeit den tragischen Ausgang erharrte. Der Tod war ihm zur Sehnsucht geworden. Was sollte ihm dieses Leben ohne Renate?! Er war stolz und glücklich, es in einem ehrenvollen Kampfe von sich zu schleudern. Er war der Held des Lagers. Er verrichtete Wunder der Tapferkeit. Seine Kriegserfahrungen hatten ihn ohne seinen Willen zum Führer und Strategen der Schar erhoben. Und er war wieder zum Mann geworden.

Seine Feldherrnpflichten und der Kampf hatten das Schlaffe, Energielose von ihm gerissen. Mit dem Mann in ihm erwachte auch die Freude am Weibe. Zynisch, brutal wollte er den letzten Tropfen seines Lebens verprassen. Es war ihm eine ätzende Verhöhnung Renates, eine Wollust seines Hasses.

Ein wildes Bacchanal durchtobte die Nacht. Der nächste Tag musste die Entscheidung bringen. Es fehlte an Wasser. Es fehlte an Lebensmitteln. Es gebrach an Munition. Mit dem Morgengrauen kam der martervolle Tod. Jeder wusste, was er von den zur Wut gepeitschten Banditen dort draußen zu erwarten hatte. Jeder sparte die letzte Kugel für seine Liebsten und für sich. Nur diesen Folterknechten nicht lebendig in die Hände fallen!

Da, – als von der Tropennacht der junge Morgen wie ein Vorhang hell emporging und alles sich hoffnungslos auf die letzte Abwehr verbissen vorbereitete, ertönte vom Fluss her das Knattern von Maschinengewehren und der bellende Knall von Revolverkanonen. Die Utopie war Wirklichkeit, die Chimäre Wahrheit geworden. Hilfe nahte. Vier Kanonenboote der Regierung waren den Amazonenstrom und den Madeira hinabgekreuzt.

Die Aufständischen gerieten zwischen zwei Feuer. Die Flucht war ihnen abgeschnitten. Sie wurden aufgerieben bis auf geringe Reste, die in die Wildnis zerstoben.

Das war das Ende der Revolution in Zentral-Brasilien.

Es wurde eine bedrückte Siegesfeier. Der Ausnahmezustand war plötzlich vorüber. Der normale Tag brach wieder an. Aus triebhaftem Urzustand der Menschheit wurden die Siedler ohne Übergang zurückverwandelt in Bürger des zwanzigsten Jahrhunderts. Aus ihrer Verscheuchtheit kehrte unvermutet die Gesittung zurück. Alles, was geschehen war, hatte mit einem Male ein anderes Gesicht. Es war, als fiele in ein dunkles, verschwiegenes Schlafgemach plötzlich grelles Licht. Die Moral erhob ihr Haupt. Der Anstand ging um mit gerunzelter Stirn. Es war allen diesen Männern und Frauen, als stünden sie nackt in einer großen Gemeinde. Sie schämten sich. Scheu und ängstlich suchte jeder, hastig seine Blöße zu bedecken.

Ein Militärgeistlicher begleitete an Bord eines der Kanonenboote die Expedition. Unter den vielen, die in überstürzter Eile vor ihm die Ehe schlossen, waren auch Anna Iwanowna und Ortner.

Es hätte nicht der Aussprache zwischen ihm und ihrem Bruder bedurft. Die Russin hatte den Geliebten schon von der Notwendigkeit der Sühne des Geschehenen überzeugt. Er begriff, dass er die Frau bloßgestellt hatte. Er war bereit, die Folgen auf sich zu nehmen.

Denn mit dem Augenblicke, in dem die Hoffnung auf den Tod erloschen war, brach er wieder zusammen. Er wurde wieder stumpf und teilnahmslos. Warum sollte er die Sühne nicht vollziehen? Warum sollte er diese Frau nicht zu seinem Weib machen? Wenn der Anstand und die Notwendigkeit es erforderten! Es war ja alles so gleichgültig, so grenzenlos gleichgültig.

Er kehrte mit ihr zu seiner Estanzia zurück. Sein Hof war von Banden verschont geblieben. Hier lebte er mit seinem Weib, wie ein Mann lebt, dessen Gemüt erstorben ist. Er arbeitete, er aß und trank. Er behandelte Anna Iwanowna mit blutleerer Freundlichkeit. Aber in den schlaflosen Nächten dachte er an Renate. Der Hass war jetzt in ihm verglommen. Er lag wach durch die unbewegte, drückende Tropennacht und zerquälte sich den Sinn mit der Frage, ob sie noch lebe. Ob der Rancho dort oben am Castanho angefallen worden war. Plante eine Fahrt stromauf, sich Gewissheit zu holen. Gab sie schlaff wieder auf und verzweifelte in Sorgen und Ängsten. Lange, lange würde er keine Kunde erhalten. Wer sollte Nachricht bringen aus jener weiten Ferne?! Dann wehte eines Tages drüben am andern Ufer des Aripuanan die kleine, zerfetzte, schmutzige Fahne.

Nur ganz langsam, während er mit der Bewusstlosen über den Fluss fuhr, dämmerte in ihm die Erkenntnis des Geschehenen. Nur ganz allmählich umkrallte sein Gehirn das Begreifen, dass sie frei geworden und durch den Urwald gekommen war zu ihm. Mit beiden Händen umklammerte er die Schläfen und presste die Ballen gegen die Schädelwände, als wolle er sie sprengen. Er war ja ein Narr gewesen! Ein Wahnwitziger! Er hatte geglaubt, sie liebe ihn nicht. Sie, die sobald sie für ihn frei geworden war, das Unmögliche tat. Hunderte von Meilen war sie durch nie betretenen Urwald mit blutenden Füßen zu ihm gewandert! Und er hatte geheiratet!

Er starrte mit Augen, in denen ein Licht des Irrsinns flackerte, auf die bewusstlose Frau. Er sah nur *eine* Möglichkeit des Entrinnens aus diesem Labyrinth des Wahnsinns. Die Frau fassen, solange sie dem Bewusstsein entrückt war, und sich mit ihr hinabstürzen in den Strom dort unten. Diesen blutigen Hohn auf Liebe und Glück in den Fluten begraben!

Er tastete nach ihr, wagte aber nicht, sie zu berühren, aus Scheu vor den Gauchos im Boote, und weil dort drüben am Ufer Anna Iwanowna wachsam nach ihm spähte. In Jammer und Elend letzter Verzweiflung presste er die gekrümmten Finger zwischen die Zähne und biss tief hinein in das aufblutende Fleisch, das Brüllen der Qual zu ersticken, das in ihm aufgurgelte.

Dann kamen sie ans andere Ufer. Dort stand mit der Dienerschaft in neugieriger Spannung Anna Iwanowna. Denn dass aus dem Urwalde ein einsames menschliches Wesen hervorkroch und mit einer zerschlissenen Fahne über den Strom herüberwinkte, war immerhin keine Alltäglichkeit.

Anna Iwanowna erkannte Renate sofort. Sie hatte viel an diese Frau gedacht, voll Bitterkeit, Angst und Feindschaft. Sie wusste, dass diese Deutsche mit den seltsam belebten Zügen das Unheil ihrer Ehe war. Sie erriet, wie es zwischen der Frau des Nachbarn und ihrem Mann stand. Nie hatte sie von Renate gesprochen. Dazu war sie viel zu klug. Doch sie ahnte mit unbeirrbarem Instinkte die Quelle der Unbeseeltheit Ortners und seiner gespenstischen Erstarrung.

Doch sie hatte in ihrem bewegten Leben so viele tragisch verworrene Dinge sich glätten und entwirren sehen, dass sie die Hoffnung nicht verlor. Sie wollte ihn seinen Erinnerungen abringen. Sie ertrug ohne den leisesten sichtbaren Unmut seine Gleichgültigkeit, seine tote Freundlichkeit, seine Vernachlässigung. Immer spielte ein gewinnendes Lächeln um den energischen, kleinen, sehr hübschen Mund, immer war sie liebenswürdige Geduld und unaufdringliche Zärtlichkeit. Sie wollte ihn halten und gewinnen mit aller Zähigkeit ihres Wesens. Denn sie liebte ihn jetzt, wie man das schwer Errungene und Ertrotzte mit egoistischem Eigensinn schätzt und wertet. Und hoffte, dass diese Frau nie wieder in ihren Lebenskreis treten würde. Wer konnte wissen, welche Tragödie der geheimnisvolle Urwald am Castanho umschloss.

Da brach Renate wieder ein in den Frieden ihrer Estanzia und in ihren mühsam errungenen Erfolg. Die Russin erbebte. Sie sah verhängnisvolle Verwicklungen. Im ersten Augenblicke wurde ihr Gesicht steinern und verzerrt. Ihr schwindelte. Doch gleich hatte sie sich wieder in der Hand. Ihre kühle Klugheit siegte. Sie wusste sofort: Widerstand würde die Gefahr erhöhen. Feindseligkeit gegen Renate würde Ortner und die Fremde zu Bundesgenossen zusammenschweißen - gegen sie. Sie zwang ihre Furcht und ihren Hass nieder, sie spielte meisterhaft die Komödie der Herzlichkeit.

Ohne jede erkennbare Überraschung trat sie an die ohnmächtige Frau heran. Sie ordnete alles an. Ließ Renate in das Zimmer tragen, in dem sie damals mit ihrem Mann genächtigt hatte. Sie wusch samariterhaft die Eiterströme von ihrem Körper. Sie bettete sie weich. Sie plünderte ihren Wäscheschrank für die Kranke, die eine lodernde Gefahr ihrer Ruhe und ihrer Ehe war. Sie opferte der Pflege ihre Nächte. Ratlos, benommen, kopfscheu ließ Ortner sie gewähren.

Nie kam ein Wort der Unlust oder Ermüdung über Anna Iwanownas Lippen. Mit lebhafter Teilnahme und regem Mitgefühle sprach sie von der »Ärmsten«, die so Unmenschliches erlitten hatte, und bekundete Freude und Befriedigung über die »Klugheit« der Schwergeprüften, zu ihnen ihre Zuflucht zu nehmen.

Viele Tage lag Renate in wüsten Fieberphantasien. Noch einmal durchlebte sie den Überfall mit seinem Grauen. Sie schleppte sich in ihren überhitzten Träumen noch einmal durch die Schrecken des Urwaldes. Dann wich die hohe Temperatur unter Anna Iwanownas zielbewusster Fürsorge. Ein krasser Kräfteverfall trat ein. Sie lag Tag um Tag in Schlaf und Dämmerzustand.

Immer wieder schlich Ortner an ihr Lager, kauerte sich neben ihr nieder und brütete über finsteren Plänen. Einmal öffnete sie die Augen und sah ihn lange an. Er sah es nicht. Sie hatte nun schon Stunden denkfähiger Klarheit. Doch das eindringlicher werdende Bewusstsein der unsinnigen Tragikomödie ihrer Liebe schleuderte sie immer wieder zurück in flutende Ohnmächte.

Heute aber war sie wach, wacher als je zuvor. Sie blickte auf den gebeugten Mann neben ihrem Lager, der in Martern der Reue und Selbstanklage stöhnte. Und plötzlich begann sie zu lachen, zu lachen, hysterisch, krampfhaft. Ein unaufhaltsamer Anfall wurde es. Sie schrie und ächzte vor Lachen, dass sie durch den Urwald gegangen war, weil sie es für ihre heilige Pflicht, für ihre Berufung, für ihr Schicksal gehalten, zu diesem Mann zu gehen, der inzwischen geheiratet hatte.

Er war entgeistert aufgesprungen, stand in hilfloser Bestürzung neben ihr. Die kreischende entsetzliche Fröhlichkeit rief Anna Iwanowna herbei. Sie nahm die keuchende Frau mit einer Geste, die mütterlicher, liebreicher Milde täuschend ähnlich sah, in die Arme, streichelte, besänftigte sie. Das Lachen verebbte zu brustsprengendem Weinen, allmählich zu erschütterndem Schluchzen.

Von nun an trug die Russin Sorge, die beiden nicht mehr allein zu lassen. Es gelang ihr leicht unter dem Deckmantel aufmerksamster Pflege. Aber dann, als Renate endlich das Lager verlassen konnte und mit kleinen, gebrochenen Schritten ins Freie ging, wurde die stete Überwachung schwieriger. Da fand Ortner doch hin und wieder die sehnsüchtig erspürte Gelegenheit, Renate allein zu sprechen.

Eines Abends saß sie am Ufer und blickte verloren auf das unhörbar fließende Wasser. Klein, bleich, in sich zusammengesunken, kauerte sie, ohne Gedanken, ohne Träume. Müde und hohl war es hinter der Stirn, matt und neblig von den Strapazen, der Krankheit und dem Leide. Da trat er hastig zu ihr und überfiel sie ohne Einleitung mit der Frage.

»Du begreifst nicht, dass ich geheiratet habe?!«

Sie hob den Kopf, sah ihn lange an mit unsicheren,

flackernden Augen, als zwinge sie sich mühsam, seine Worte zu fassen. Dann schüttelte sie den Kopf und sagte »nein«.

»Ich habe dich gehasst!«

Sie blickte ihn verständnislos an.

»Weil du mit dem andern gegangen bist in der höchsten Not. Wir waren beide in gleicher Gefahr. Aber du bist mit dem andern gegangen.«

Ihre grauen Augen wurden ganz groß, als sie schlicht und erstaunt entgegnete:

»Es war meine Pflicht. Ich war sein Weib.«

Im Bann seiner Pläne und Vorsätze ging er über ihren Einwurf hinweg.

»Ich werde mich scheiden lassen«, flüsterte er. »Ich glaubte, du liebst mich nicht. Und nun bist du zu mir gekommen – durch den Urwald. Ich war in Wahn und Irrtum befangen. Das muss sie einsehen. Unsere Ehe beruht auf trügerischen Voraussetzungen. Sie muss mich freigeben. Oder ich nehme mir meine Freiheit mit Gewalt.«

Sie hatte ihn nicht unterbrochen. Seine heftigen Worte prasselten wie schmerzende Steine auf ihren verwüsteten Kopf. Endlich sprach sie:

»Nein, nein, jetzt ist es zu spät. Jetzt lässt sich nichts mehr ändern.«

Er wollte erwidern. Doch da kam Anna Iwanowna. Sie brachte Renate eine Erfrischung.

Von nun an verfolgte Ortner Renate mit dem Verlangen nach Aussprache. Er bedrängte sie mit seinem Scheidungsplan. Er erniedrigte sich soweit, von dem Zwang zu sprechen, der auf ihn geübt worden war. Er erzählte die Geschichte der Belagerung. Doch Renate schüttelte nur wieder den Kopf.

»Ehe ist etwas Feierliches«, sagte sie mit blutleeren, bebenden Lippen. »Man kann sie nicht abziehen wie einen Handschuh und fortwerfen, weil man einen andern sieht, der einem besser gefällt.«

Er knirschte vor Verzweiflung mit den Zähnen.

»Darum handelt es sich hier nicht«, schrie er unterdrückt. »Das trifft doch gar nicht unsern Fall! Siehst du das nicht ein? Es handelt sich darum, dass wir uns längst gehört haben, ehe ich jene Frau nahm. Unsere Rechte sind älter und tausendmal heiliger. Denn wir beide lieben uns, wie Menschen sich vielleicht nie geliebt haben.«

Sie verzog wehmütig den Mund.

»Das denken wohl alle Liebende.«

»Dann weißt du nicht, wie ich dich liebe. Jeder liebt anders. Jedem ist die Liebe etwas anderes. Mir ist sie Atem und Pulsschlag und Lebensfähigkeit. Ich kann ohne dich nicht leben! Siehst du denn nicht, dass ich Anna Iwanowna nur aus Liebe zu dir geheiratet habe?!«

Sie sah ihn verdutzt an.

»Alles, was zu dieser Ehe geführt hat, war nur möglich in meinem selbstzerstörerischen Hass gegen dich! Aber dieser Hass war nur Liebe. Nur das zweite Gesicht meiner Liebe. Begreifst du das nicht?«

»Ich begreife alles«, nickte sie leise, »doch alles schmerzliche Begreifen ändert nichts an der grotesken Tragik unseres Lebens. Im Grund ist alles, wie es damals war in jener Nacht. Nur mit vertauschten

Rollen. Jetzt bist du gebunden. Und ich bin frei.«

»Ich werde mich frei machen«, empörte er sich.

»Quäle mich nicht«, bat sie und senkte müde das Haupt.

Lange stand er stumm. Dann klagte er bitter:

»Ich weiß sehr wohl, was es ist. Du kannst es nicht mehr fassen, dass du mich einmal geliebt hast. Du wunderst dich über deine Liebe von damals. Ich habe mich geändert. Ich fühle es selbst. Ich erscheine dir feig und unmännlich. Meine Schlaffheit, die Kopflosigkeit, der Irrgang, in dem ich geheiratet habe, sind dir verächtlich. Das ist es.«

»Oh nein«, wehrte sie wund. »Ich wundere mich über nichts. Ich verachte dich nicht. Ich weiß nur, dass Menschen und Leben unerforschlich sind. Und füge mich ohnmächtig und ergeben.«

Immer wieder versuchte er, sie zu überreden. Immer wieder führte er mit fanatischer Logik seine Liebe und ihre älteren Rechte ins Treffen. Immer wieder zerschellte sein Ansturm an dem Panzer ihres Charakters. Es war ihr nicht gegeben, über einen anderen Menschen hinweg zu ihrem Glück zu schreiten.

Die Feindschaft, die sie einst gegen Anna Iwanowna empfunden hatte, hatte sich in Dankbarkeit gewandelt. Ihre ehrliche Gradheit durchschaute nicht das kühn gewagte Spiel der Russin. Diese Frau hatte sie ohne Gegenwehr in ihr Haus aufgenommen. Hatte Nacht um Nacht an ihrem Lager gesessen. Hatte sie wie eine Schwester betreut. Jetzt sollte sie ihr zum Dank für alle Opferwilligkeit den Mann rauben? Das lag außerhalb ihrer Möglichkeiten.

Schon in den Tagen, als sie noch kaum zu denken vermochte, hatte ihr umflortes Sinnen die Notwendigkeit schleuniger Abreise umtastet. Kaum hatte sie sich soweit erholt, dass sie hoffen durfte, die lange Reise zu überstehen, sprach sie vom Abschied. Es war bei Tisch. Ortner stand rasch auf, sich nicht zu verraten. Und verriet sich nur umso untrüglicher. Doch Anna Iwanowna lernte nichts Neues aus seiner törichten Flucht. Sie hatte viele Gespräche belauscht. Sie blickte ihm kurz und mitleidig-spöttisch nach und bat mit liebenswürdigem Lächeln den Gast, noch einige Zeit zu bleiben. Sie wusste, sie konnte auf Renates Takt bauen. Sie täuschte sich nicht. Renate lehnte ab.

Eine Pein noch stand ihr bevor. Sie war völlig mittellos. In Rio de Janeiro zwar hoffte sie, von der Brasilianischen Regierung eine Entschädigung für den Verlust der Estanzia zu erlangen. Doch der Weg bis Rio war weit. Sie überwand ihre Scham und bat Anna Iwanowna um das Reisegeld. Sie würde es ihr zurücksenden, sobald sie könne.

Sie sehnte sich nach Deutschland. Ein unwiderstehliches Heimweh war in ihr erwacht. Nur dieses grausame Land verlassen, in dem sie so Furchtbares erlebt und verursacht hatte! Nur wieder in Deutschland sein! Unter deutschen Menschen. Unter deutschem Himmel. Ein kindlicher Glaube glomm in ihr, dass sie dann das Leben vielleicht doch weiter tragen könne.

Mit überströmender Gefälligkeit – hier hätte sie

sich fast verraten – gab Anna Iwanowna ihr das Geld, überglücklich, die Gefahr von ihrer Schwelle zu scheuchen. Sie hatte selbst nicht viel. Doch was Renate erhielt, reichte zur Reise bis Rio.

Renate bestimmte den folgenden Tag für ihre Abfahrt. Die Qual seiner Nähe war unerträglich.

Als Ortner erkannte, dass er sie nicht zu halten vermochte, bestand er darauf, sie bis Manaos zu begleiten. Sie wies sein Geleit zurück und blieb fest. Sie wusste, er würde dann nie wieder zurückkehren.

Anna Iwanowna gab ihr ihre zuverlässigsten Vaqueiros als Bootsbemannung. Bis zum letzten Augenblicke fürchtete sie eine Verzweiflungstat Ortners. Doch er beherrschte sich mit aller Kraft und Energie, die ihm geblieben war. Denn er wusste, dass Renates Willen durch keinen Gewaltstreich zu beugen war. Als sie bereits im Boot saß, sprang er noch einmal hinein, als wolle er etwas am Ruderwerk ordnen. Dabei flüsterte er ihr zu:

»Ich werde dir beweisen, dass ich ein Mann bin.«

Sie verstand ihn nicht.

Das Boot glitt hinaus in die Mitte des Stromes. Kräftig legten die Gauchos sich in die Ruder. Am Ufer stand neben der sieghaft lächelnden, fröhlich winkenden Frau bewegungslos ein Mann, kalkweiß, mit heraustretenden Backenknochen, die Zähne verbissen in brutaler Entschlossenheit.

Kapitel 10

Bis zur Mündung des Aripuanan in den Madeira ging die Reise langsam und beschwerlich. Oft stürzte der Fluss über tiefe Katarakte, die man an Land umgehen musste. Dann keuchten die Gauchos unter der Last des Bootes.

Dort, wo der Aripuanan seine braunen Wasser in den Madeira ergoss, lag eine große Gummiplantage. Der Besitzer, ein chevaleresker alter Herr, war einer der reichsten Männer Brasiliens. Gastfreundlich nahm er Renate auf und sandte sie nach einigen Tagen der Erholung auf seinem kleinen Dampfer in vierstündiger Fahrt nach Sao Joao. Von dort führte sie der Postdampfer in zwei Tagen nach Manaos.

Zum ersten Mal nach einem schweren, düsteren Jahr schritt Renate wieder durch die Straßen einer Stadt. Sah wieder Menschen und Geschäfte. Sah wieder Zivilisation. Doch sie sah nur optisch. Sie war zu zerrissen und zermürbt und ihr Sinn allen Eindrücken verschlossen. Sie blieb nur wenige Tage, ihre Garderobe zu vervollständigen. Dann trug der große Dampfer des Amazonenstromes sie in langer Fahrt nach Osten.

Die Ruhe tat ihr gut. Ihre Nerven besänftigten sich. Ganz allmählich wurde sie wieder sie selbst in der großen grünen Einsamkeit des Stromes, verwöhnt und sanft gewiegt von der Behaglichkeit des gewaltigen Schiffes. Sie kam nach Para. Von dort brachte der Küstendampfer sie südwärts nach Rio de Janeiro.

Ihre kleine Barschaft war erschöpft. Sie stieg in

einem billigen, verwahrlosten Gasthaus ab. Ihr erster Gang war zum deutschen Konsul. Das Vorzimmer war überfüllt. Der Sturm der Revolution warf Tausende von Gestrandeten an dieses ersehnte, Rettung verheißende Ufer. Doch der ungeheuren Not gegenüber war die Hilfe der Heimat machtlos.

Viele Stunden musste Renate warten, bis endlich die Tür des Sprechzimmers sich für sie öffnete. Viele erschütternde Erzählungen hörte sie ringsum. Ihr Schicksal war nur eines von hunderten. Dann saß sie auf dem Stuhl vor einem liebenswürdigen, teilnehmenden Mann. Sie berichtete ihr Los. Der Konsul wurde ernst.

»Wissen Sie, gnädige Frau, ob das Land am Castanho Ihrem verstorbenen Gatten von der Regierung zugeteilt worden ist?«

Renate blickte ihn verwundert an.

»Ich weiß wirklich nicht«, entgegnete sie zaghaft.

Der Konsul zog in Bedenken die Stirn in Falten.

»Ich fürchte sehr«, bedachte er, »die Regierung weiß von dieser Niederlassung nichts. Ich habe schon mehrere ähnliche Fälle gehabt. Die Brasilianische Regierung sieht es natürlich gern, wenn tüchtige und kühne Menschen sich in der fernsten Wildnis niederlassen und sie urbar machen. Sie lässt ihnen das Land. Sie sieht in ihnen die wahren Pioniere und Wildnisgewinner. Aber sie lässt diese Verwegenen ihr Risiko allein tragen.«

Renate beugte sich ängstlich vor.

»Wie, Herr Konsul«, fragte sie, »Sie meinen, ich werde für all die Mühe und Arbeit meines Mannes, die von den Aufständischen vernichtet worden ist, keine Entschädigung erhalten? Das ist doch nicht möglich!«

Der Konsul zuckte bedauernd die Achseln.

»Die Regierung vergütet Schäden, die durch die Revolution verursacht sind, im Allgemeinen nur, wenn sie staatliches Siedlungsland getroffen haben. Ihr Gatte hat sich mit gutem Recht und unter stillschweigender Genehmigung der Regierung dort oben am Castanho niedergelassen. Ob die Regierung da eine Entschädigungspflicht anerkennt?!«

Er breitete die Arme in einer hoffnungslosen Geste.

»Das wäre ja entsetzlich!«, stieß Renate hervor. »Ich bin ohne jede Mittel!«

Der Mann betrachtete sie voll reger Teilnahme.

»Es ist mir leider vollkommen unmöglich, Ihnen zu helfen, gnädige Frau«, sagte er leise. »Der Ansturm auf unsere Kasse war zu gewaltig. Sie ist bis zum letzten Pfennig erschöpft.«

Dann machte er eine kleine Pause.

Renate starrte mit ratlosen, angstvollen Augen um sich. Ganz bestimmt hatte sie mit einer Entschädigung gerechnet. Sie sank in sich zusammen. Was sollte jetzt aus ihr werden? Ohne Geld in dieser fremden, heißen, großen Stadt?!

Da sagte der Konsul:

»Wenn ich mir gestatten darf, gnädige Frau, Ihnen privatim ...«

Rasch sprang Renate auf. »Nein, nein, danke sehr«, stammelte sie. »Das kann ich nicht annehmen. Unter keinen Umständen ...!«

»Aber, gnädige Frau ...«, versuchte der Konsul wieder.

Doch sie unterbrach sofort mit einer hastigen Abwehrbewegung.

»Nein, nein, ich danke Ihnen vielmals, Herr Konsul. Draußen sind Unglückliche mit Kindern. Ich bin jung und kann arbeiten. Nur eines sagen Sie mir, bitte. Habe ich gar keine Aussichten?«

Der Konsul konnte ihr wenig Hoffnungen machen, versprach aber, alles zu tun, was in seiner Macht läge.

»Wie lange kann es dauern, bis ich eine Entscheidung habe?«

Ihre Stimme war heiser vor Enttäuschung.

Wieder machte der Konsul eine hoffnungslose Bewegung.

»Sie wissen, gnädige Frau, das häufigste Wort hier zu Lande ist: manana! manana! Morgen! Morgen! Man hat hier sehr viel Zeit. Ich kann Ihnen nichts versprechen, als die Sache so energisch als möglich zu beschleunigen.«

Sie wollte noch vieles sagen, noch vieles fragen. Sie fühlte trotz aller Verneinung, zu der er gezwungen war, eine Geborgenheit in diesem Zimmer, in der Nähe dieses deutschen Mannes, des Vertreters der Heimat. Aber die drängende Kenntnis seiner Überlastung und das Bewusstsein, dass draußen im Vorzimmer noch viele, viele Unglückliche harrten, die auch zu Worte kommen wollten, nahm ihr den Mut. Sie verabschiedete sich überstürzt und eilte hinaus.

Wieder stand sie in der verwirrenden Glut und Grelle des Tages.

Was jetzt? Sie hatte gerade genug Geld, ihr schäbiges Zimmer in dem elenden Hotel für zwei Tage zu bezahlen. Und dann? Was dann? In der brütenden Hitze schlich sie an den hohen Fassaden der weißen Häuser hin. Die Sonne stach schmerzend und Schwindel erregend. Im Schatten einer Palme blieb sie stehen, Atem zu schöpfen. Die stille, feuchte, dampfende Luft war erstickend. Die Kleider klebten ihr am Leibe. Und plötzlich packte sie ein Grauen, ein panisches Entsetzen vor dieser großen, fremden, exotischen Stadt, vor diesem heißen, vergifteten Lande. Ein Heimweh wallte in ihr auf, das ihr die Tränen in die Augen trieb.

Da überkam sie ein verzweifelter Gedanke: Sie wollte zu den großen Schifffahrtsgesellschaften gehen und um eine Freifahrt nach Deutschland, eine Stelle als Stewardess flehen. Betäubt von der Hitze, mit gelösten Gliedern schleppte sie sich durch die engen, steilen Häuserschluchten mit ihrem atemraubenden, übelriechenden, dunstigen Brodem, fragte sich hindurch. Sie wanderte von Büro zu Büro. Fand nichts als Ablehnung. Man staunte nicht über ihre Zumutung. Die Stadt war überschwemmt von unglücklichen deutschen Auswanderern, denen tausend Hoffnungen verdorrt waren in der brünstigen Sonne des Äquators. In allen diesen Verstörten brannte nur der eine Gedanke: zurück in die Heimat um jeden Preis. Die Revolution trug an dieser angstvollen Flucht den geringsten Anteil. Enttäuschung peitschte sie heim, die der deutschen Not hatten entrinnen wollen. Denn nur den allerwenigsten waren die Blütenträume ihrer

Erwartungen gereift.

Man wies Renate ab, wie man die tausend anderen abwies. Die Schiffe waren überfüllt von den Zahlenden. Freiplätze gab es nicht. Man deutete an, dass die Schifffahrtsgesellschaften schließlich keine Wohltätigkeitsanstalten seien. Und Stewardess? Hm, auf Monate hinaus waren die Einstellungslisten geschlossen.

Wieder stand Renate auf der Straße. Sie konnte sich kaum aufrecht halten. Diese feuchte Schwitzbad-Atmosphäre der schmalen Straßen war weit unerträglicher als der heiße Odem des Urwaldes.

Sie taumelte auf die Bank einer Anlage. Saß dort lange mit geschlossenen Augen und verschwimmenden Sinnen. – Dann raffte sie sich auf. Etwas von jener alten Kraft und Energie, die sie durch die Wildnis geführt hatte, stand in ihr auf. Sie wollte hier nicht untergehen. Nicht elend in diesen versengten Straßen verrecken. Das Schicksal, das ihrer harrte, sah sie an allen Straßenecken, auf allen Plätzen. Zerlumpte, verwahrloste, hohläugige, von Hunger und Krankheit zerfressene Bettler. Nein, nein, so wollte sie nicht enden!

Eine törichte kleine Hoffnung schwelte in ihr empor und trieb sie vorwärts. Sie schlich an den Wänden der Häuser entlang zum Hafen. Vielleicht nahm sie doch einer mit. Ein Kapitän, ein Steuermann. Wusste selbst nicht recht, was sie sich dachte. Sie stieg die breiten Stufen zum leise gurgelnden Wasser hinab. Sie brannten wie glühende Roste durch die Sohlen.

Über die Laufplanken balancierte sie hinüber auf die Dampfer. Sie bat wieder um einen Freiplatz, um eine Stelle als Stewardess. Doch auch hier war sie nicht die Erste, die sich bewarb. Hunderte hatten vor ihr diesen Verzweiflungsschritt getan. Sie traf nur auf Abwehr und Kopfschütteln.

Vernichtet schlich sie mit marklosen Schritten zur Stadt zurück. Ihr kaum genesener Körper versagte. Man geht nicht ungestraft Stunde um Stunde durch die Mittagsglut von Rio de Janeiro. Sie taumelte wie im Rausch. Da plötzlich schlugen ihr die grellen Farben eines Plakates ins Hirn. Unwillkürlich öffnete sie die halbgeschlossenen Lider. Betäubt, trunken von der Hitze und Schwüle, stand sie vor dem Plakat und starrte es an. Und begriff nichts. Und ahnte doch tief und verschwommen im Unterbewusstsein, dass dieses Plakat mit den schreienden Farben sie irgendwie berühre. Sie wusste nur nicht, weshalb, noch wie. Wieder wich ihre Fassungskraft ihr aus, wie damals im Urwald. Es war ihr unmöglich, sich zu konzentrieren.

Lange stand sie in einem seltsamen wachen Halbschlaf vor dem Plakat und schwankte leise vor Ermattung auf den Sohlen hin und her. Endlich gelang es ihr, die Betäubung abzuschütteln, ihr Denken unter ihren Willen zu zwingen. Und da erkannte sie, was sie gleich zu Anfang irgendwie instinktiv, ganz fern, durch Nebelwolken gewahrt hatte, dass sie vor der Anzeige eines Variétés stand.

Sie las mit Aufmerksamkeit. Wurde wach. Sah dicht neben sich die Tür des Variétés. Da war ja nicht nur ein Plakat. Die ganze Hausfront lohte in Farben.

Renate war wieder bei vollem Bewusstsein. Ihre Energie erstarkte. Menschen gingen durch das Tor in das Haus. Sie erkannte den unverkennbaren Typ Artisten, der gleich ist in der ganzen Welt. Sie folgte zwei Mädchen, die hinein gingen, und kam in ein kleines, dunkles Wartezimmer, dessen Luft sie beinahe niederwarf. Ab und zu öffnete sich eine Tür im Hintergrunde. Dann fiel Licht in die Finsternis, in dessen Kegel jemand aus dem Hinterzimmer kam, meist bleich und verzerrt. Ein anderer ging hinein.

Allmählich gewöhnte ihr Auge sich an das Dunkel. Da sah sie lauter Schicksalsgefährten, Menschen, die um ein Engagement gierten. Es war kurz vor dem Ersten.

Endlich kam die Reihe an sie. Sie trat in den hellen Raum. Auch hier war die Luft stickig und verfault. An einem Schreibtisch saß der Direktor. Ein großer, dicker Mensch, dessen schwammige Formen über den Bund der Hose herausquollen und das schmierige, verschwitzte Hemd fast sprengten. Ohne sich umzudrehen, rief er auf Portugiesisch:

»Schluss! Ich habe nichts mehr! Bin voll!«

Renate verstand wohl. Doch jetzt war in ihr die Kraft der Todesangst. Sie trat an den Tisch vor.

»Ich habe eine Spezialität«, sagte sie, unbeirrt.

Der Mann sah auf. Sein Gesicht war gedunsen. Die Lappen der Backen hingen fettig herab über einen schmutzigen weichen Kragen. Ein glänzend geölter Schnurrbart schwang sich gerundet über die Lippen und stieg dann steil mit den Spitzen nach oben.

Die Augen mühten sich, die Fettpolster der Lider zu durchdringen.

»He?«, knurrte er und blickte zu Renate auf.

»Ich habe eine Spezialität«, wiederholte sie in ihrem gebrochenen Portugiesisch, »die in der Scala zu Berlin großen Erfolg gefunden hat.«

»Sprechen Sie Italienisch?«, fragte der Direktor in dieser Sprache. Denn Signor Pascalato war Italiener und radebrechte selbst die Landessprache zum Erbarmen.

Renate schüttelte den Kopf. Missbilligend kehrte Pascalato zum Portugiesisch zurück.

»Was ist das für eine Spezialität?« Er gähnte ungezogen.

»*Der Tanz auf der Weltkugel*«, gab Renate Bescheid, nach Worten suchend.

»Ah«, grunzte Pascalato gelangweilt.

»Ich tanze auf einer Weltkugel aus leichtem Holz, gerade stark genug, mich zu tragen.«

»Non capisco - verstehe ich nicht«, murrte er ärgerlich, feindlich und ablehnend.

Renate raffte alle Beharrlichkeit zusammen, deren sie fähig war. Sie musste eine Stellung haben, Brot, ein Dach, sonst war sie verloren. Nicht nachgeben! Nicht sich verscheuchen lassen! Das bedeutete Tod und Untergang. Nicht ihrer feinfühligen Scheu weichen! Nicht sich ärgern über diesen Menschen, der ihr Leben in Händen hielt!

Mit heiserer Stimme, mühselig die Sprache meisternd, suchte sie zu erklären:

»Ich stehe auf dieser Weltkugel und tanze. Ich tanze als »Himmlische Liebe«, die über der Erde schwebt, als »Satan«, der die Erde mit Füßen tritt, als »Fröhlichkeit«, die über die Erde hintollt, als »Krieg«, der über die Erde braust ...«

Da geschah das Wunder. In die Fettmasse kam Leben. Erstaunlich behändes Leben. Der Italiener federte auf. Quoll aus dem Sessel. Stand vor Renate. Er war noch viel umfangreicher, als sie vermutet hatte.

»Senorita!«, schrie er, »das ist ja eine Idee! Das ist ja eine fabelhafte Idee!« Er sprach in der Ekstase italienisch. »Das ist ja etwas Neues! Diabolo, das ist ja ein Schlager!«

Renate, die ihn verstand, nickte lebhaft zu jeder Behauptung. Pascalato entzündete sich immer mehr an seiner Begeisterung.

»Die andern werden platzen! Die Herren großen Variétés! Aber zwei Monate müssen Sie sich verpflichten! Haben Sie die Kostüme und die Kugel?«

Renate verneinte. »Ich habe alles verloren.«

»Aha, begreife. Alles gepfändet! Immer leichtsinnig, die jungen Damen! Wenn sie zehn Milreis verdienen, geben sie zwölfe aus! Das kennen wir! Aber macht nichts, macht nichts! Ich werde alles anfertigen lassen. Und es Ihnen von der Gage abziehen. Was verlangen Sie?« Diese einfache Frage überraschte Renate. Sie kannte nicht die Gagen in Rio und wusste vor allem nicht, was ein Variété dritten Ranges in der Hafengegend zahlte.

»Ich weiß nicht«, gestand sie verwirrt.

»Also, ich zahle, ich zahle Ihnen ...«

Pascalato kniff die dickgepolsterten Augen noch mehr zusammen und musterte eine geraume Weile Renates zarte Gestalt mit Kennerblicken.

»Ich zahle Ihnen also ...«, schnell verminderte er die gedachte Summe um die Hälfte und nannte eine lächerliche Zahl.

»Davon kann ich nicht leben«, flüsterte Renate.

»I, das Leben in Rio ist billig. Aber die Damen müssen natürlich in ersten Hotels logieren! Mit Bad und Firlefanz! Kennen wir! Und in Seide daherrauschen. Und ich soll das alles bezahlen! Das gibt's bei mir nicht. Ich bin für Solidität.«

»Und davon wollen Sie mir auch noch die Kostüme abziehen?«, unterbrach sie.

»Na, sagen wir, die Hälfte«, entschied Pascalato.

Kapitel 11

Die erste Zeit litt Renate bitter unter ihrer Umgebung. Das Variété »Miramare« war ein langgestreckter viereckiger Raum mit schmutzigen Stühlen und Tischen und mangelhaftester Ventilation. Ein Gestank von Fäulnis und Spirituosen, von Knoblauch, Zwiebeln, ranzigem Fett, von Schweiß und Menschenausdünstung, von schimmliger Polenta und kaltem Zigarettenrauch schlug auf sie ein wie ein übelriechendes feuchtes Tuch, wenn sie die Bühne betrat. Noch entsetzlicher war das Publikum! Der Auswurf der Millionenstadt, der sich in dem Bassin des Hafens sammelte, suchte hier sein nächtliches Vergnügen. Matrosen, Steuermänner und dann und wann der Kapitän eines kleinen Fahrzeugs bildeten die Elite.

Es war ein gefährliches Auditorium und eine bange Angst für die Artisten. Zitternd in bösen Ahnungen traten sie vor die Rampe. Nur wenige fanden Gnade. Die meisten waren kläglich handelnde Personen inmitten einer wildbewegten dramatischen Aktion. Sang eine Soubrette mit ausgedienter Stimme ihre überlebten Lieder, dann brüllte alles im Chore mit, überschrie sie, überbot sie an schmelzenden Grimassen, bis die Nummer in wüstem Gelächter ertrank. Erzählte ein Komiker seine abgestandenen Witze, sprang einer auf und rief:

»Mensch, den Witz hat ja schon Kolumbus seinen Matrosen erzählt, als sie ihn in die See schmeißen wollten!« Alles wieherte und der Komiker kam nicht mehr zu Wort. Die größte Achtung genossen noch gymnastische Leistungen. Aber wehe den Parterreakrobaten, wenn ihnen ein Salto, ein Griff, eine Sensation misslang. Dann war die Luft erfüllt mit schmerzenden Gegenständen, die unbarmherzig auf die Bühne niedersausten.

Renate sank das Herz, als sie am ersten Abend diese peinliche Mitwirkung des Publikums erlebte. Sie stand in der Kulisse. Sie kam erst nach der Pause. Eine feige Furcht kroch kalt an ihren Gliedern empor. Mit bebenden Knien stand sie auf der Weltkugel, erwartete sie das Zeichen ihres Auftrittes.

Doch als der Vorhang sich teilte und sie als »Himmlische Liebe« auf die Bühne rollte, schwieg das dumpfe Summen im Saale. Es war wie abgeschnitten. Fühlbare Stille trat ein. Die Leute dort unten begriffen nicht die Höhe ihrer Kunst, empfanden aber doch triebhaft das Ungewöhnliche ihrer Leistung.

Sie flatterte herein, nur mit den Zehenspitzen auf der Kugel stehend, die Arme weit ausgebreitet, die lang herabhängenden Ärmel ihres weiten Gewandes leise bewegend wie Flügel. Ihr Gesicht war verklärt. Es war im Grunde kein Tanz. Mehr eine Pantomime, ein stummes Spiel ihres ganzen Körpers. Die erstaunliche Kraft ihrer Mimik, das angeborene Gefühl für Rhythmik, die vollkommenste Beherrschung ihrer Glieder meisterte sofort dieses tumultuöse Auditorium, wie es einst das Publikum in Berlin gewonnen und begeistert hatte.

Sie schwebte über die Bühne hin. Die Weltkugel unter ihren Füßen lebte. Sie tanzte nicht nur mit den

Füßen. Jeder Muskel tanzte. Sie war verwandelt. Ihr Gesicht strahlte wie erleuchtet von einer inneren Flamme, schön, rein, kindlich. Ihre Bewegungen waren ganz langsam, voll von überirdischem Frieden, voll Lindheit, losgelöst von allem Leid der Erde. Das fremde, scheue Lächeln um ihren Mund bezwang jede Rohheit. Sie bewegte sich zu einer leisen, innigen Musik, die fern klang, mystisch, nie gehört, wie Sphärenmusik. Ein genialer junger Musiker hatte sie ihr einst in Berlin geschrieben. Es war ihrer musikalischen Begabung eine Leichtigkeit gewesen, die Noten wiederherzustellen.

Als sie von der Bühne schwebte, blieb alles stumm. Nur hier und da puffte einer seinen Nachbar. Und wenn es ein Hamburger Junge war, dann brummte er leise:

»Dunnerlüchting, de Deern kann wat!«

Nach einem raschen Umzug rollte sie wieder als »Satan« herein. Völlig verändert. In einem roten, flammenden Kostüm. Zusammengeduckt sauste sie auf die Bühne. Das Gesicht – das Böse. Der Körper zusammengekauert wie ein schwarzer Gedanke. Dumpf dröhnte unter ihren tanzenden Sohlen die Kugel, wie eine Pauke des Jüngsten Gerichtes. Sie streckte die Hände aus. Die Finger waren gespenstige Krallen. Ein Rauschen rieselte durch den schmierigen Saal. Ein Entsetzen packte diese Männer und Weiber, die selber den Teufel im Leibe hatten. So grausig war es. Unheimlich, ganz hoch, schrie dazu die rasende Musik. Geisterhaft schwebte sie über die Bühne, wuchs immer mehr aus der gekrümmten Haltung empor, wurde immer größer, schien phantastisch riesenhaft zu werden. Ihre Augen waren Feuerbecken. Das Gesicht brutal, unerbittlich, grausam schön. Es war ein infernalischer Tanz.

Als sie diesmal abrollte, wagten schon einige zu klatschen. Aus dem Saal stieg ein dumpfes Murmeln auf. Die Frauen wischten sich mit den Händen den Schweiß von den Gesichtern. Die Männer griffen sich vag ins Haar.

Dann kam sie herein, ganz hell, ganz blau, einen Blumenkranz im Haare. Die »Fröhlichkeit« flatterte über die Erde. Ihr Gesicht lachte. Ihre Hände lachten. Ihr Körper lachte und tollte. Eine nervige Musik trieb sie. Es war wie ein Walzer. Die deutschen und englischen Jungen sahen plötzlich Frühling. Sahen Heimat. Sahen Blumen auf der Flur. Eine Leichtigkeit war im Saale, ein Lächeln vermenschlichte das gemeinste Gesicht. Die Mädchen begannen, sich in der Melodie zu wiegen. Und oben auf der Bühne schwang sich die Kugel im Kreise. Renate stand mit hochgehobenen Armen, liebreich, jung, Licht und Freude.

Während des Tanzes noch donnerte der Beifall los. An der Saaltür stand Pascalato mit einem widerlichen Schmunzeln um die wulstigen Lippen und rieb sich die schwammigen Hände. Er hatte es ja gewusst, das war eine Idee. Das war eine Sensation! Das war ein Fressen für die wilde Bande!

Der Scheinwerfer wechselte die Farbe. Ein grünes, unheilschwangeres Licht fiel auf die Bühne. Die Musik trommelte einen dumpfen Marsch.

Sie kam als »Krieg«.

In einem schwarzen, an ihrem Körper glatt herabfließenden Gewande, den Kopf von einer schwarzen Kapuze umrahmt, gegen die unheimlich bleich das weißgeschminkte Gesicht sich abhob. Ihre Füße stampften auf der dröhnenden Kugel den dumpfen Trauermarsch der Schlacht.

Unwiderstehlich rollte die Kugel heran. Eine unbeugsame finstere Gewalt war in ihrem Körper. In ihren Augen flackerte das Grauen des Mordes. Den Zuschauern ging der Atem schwer. Dann wandelte sich ihr Gesicht. Sie war nicht mehr der Kampf, sie wurde zu seinen Opfern. Sie wurde zum Schmerz der Verwundeten, zur erstarrten Qual der Gefallenen. Mit wunderbarer technischer Schulung ihrer Glieder glitt sie mit den Füßen von der Kugel herab, lag über den rollenden Erdball hingestreckt, ein lebendiger Schmerz, erschütternd hingegossen über die weite Erde. So rollte sie von der Bühne. Keine Hand klatschte. Diese lautlose Ergriffenheit war ihr größter Triumph. Nun kam das letzte Bild. »Die irdische Liebe.« Sie war kaum bekleidet. Sie war Bacchantin. Jede ihrer Bewegungen war Lust. Ihre Haare wehten mandäisch. Ihre Augen glühten. Ihr Körper war Begehren und Hingabe. Und doch war jede Bewegung von einer Schönheit und einem Adel, dass trotz der Leidenschaft, die von der Tänzerin ausströmte und wie eine Flamme durch den Saal wehte, auch in dem Verrohtesten der Menschen dort unten keine niedrige Sinnlichkeit aufkam. Die Erotik war zu einer solch künstlerischen Höhe emporgetragen, dass sie alles Erdhafte verloren hatte.

Erst als Renate die Bühne verließ, wetterte der Orkan los. Immer wieder musste sie herauskommen, immer wieder sich verneigen. In allen Sprachen der Welt machte sich die Begeisterung Luft. Durch ein Spalier verkniffener, neidischer Gesichter der Kollegen ging Renate in ihre »Garderobe«, einen unsauberen, kleinen Verschlag. Sie riss das Gewand vom Körper, der vor Erregung und Ermattung, doch auch vor Freude und Befriedigung zitterte. Seit anderthalb Jahren hatte sie ihre Gewalt über ein Publikum nicht mehr erprobt. Sie hatte Rampenfieber gehabt, wie vor ihrem ersten Auftreten in Deutschland. Jetzt lag ein kleines sieghaftes Lächeln um ihren schönen Mund. Da wurde die unverschließbare Tür der Bretterbude aufgerissen. Hastig ergriff sie ein Kleidungsstück, ihre Blöße zu bedecken. Pascalato trat ein.

»Was machen Sie da?«, fuhr er sie an.

Sie blickte zu ihm auf, sprachlos vor Zorn.

»Ausziehen? Fortgehen? Wo denken Sie hin?!«

»Verlassen Sie sofort meine Garderobe!«, rief sie empört.

»Papperlapapp!«, machte er. »Hab schon ganz andere Weiber als Sie gesehen. Ganz andere. Sie sind nicht mein Geschmack. Wenn Sie auch ganz tüchtig sind. War recht nett. Aber nun fix, fix! Ziehen Sie das letzte Kostüm wieder an und dann in die Bar!«

»In die Bar?!«

»Ja, Bar. Wissen Sie nicht, was das ist?«

»Was soll ich dort?«

»Was sie dort soll?! Keine Psalmen singen. Animieren sollen Sie. Bisschen für's Geschäft sorgen.

Die Herren Kavaliere wollen sich mit den Damen von der Bühne unterhalten. Sekt muss fließen! Oder glauben Sie, ich kann von dem Landwein leben, den die da drin saufen?!«

Mühsam brachte Renate hervor: »Ich soll …?«

»Natürlich sollen Sie! Oder sind Sie dafür etwa zu fein, he? Wie weit Sie nachher gehen, ist Ihre Sache. Das kümmert mich nicht. Aber jammern Sie mir dann nicht vor, die Gage sei zu klein.«

Renate hielt den Rock krampfhaft gegen die Brust gepresst.

»Dazu bin ich nicht verpflichtet«, sagte sie schroff.

»Oho, ob Sie dazu verpflichtet sind!«

»Wieso?«

»Weil es schwarz auf weiß in Ihrem Kontrakt steht.«

Renate wurde unsicher. Sie hatte den Vertrag damals in der Freude der Rettung kaum gelesen, das Portugiesisch auch nur sehr unvollkommen verstanden.

»Das steht in meinem Vertrag?«, fragte sie zögernd.

»Allerdings. Hätten Sie ihn eben besser durchlesen müssen. In § 6 haben Sie sich ausdrücklich verpflichtet, sich nach Ihrer Nummer den Gästen zu widmen.«

Sie schwieg; bezwang sich, ihrer Wallung nicht nachzugeben und diesem Menschen da den heimtückischen Vertrag vor die Füße zu werfen. Sie musste leben. Sie nickte.

Da sagte Pascalato:

»Mädel, Sie werden doch nicht dumm sein? Wie viele, glauben Sie, haben von hier aus schon ihr Glück gemacht! Da kommt so ein Kerl mit einem dicken Portemonnaie, sieht Sie, verknallt sich, ruft Sie an seinen Tisch. Sie trinken ein paar Flaschen Sekt mit ihm und plötzlich sitzen Sie in einer herrlichen Villa auf dem Corcovado! Signorita, prudentia!!«

Damit wälzte er seinen Körper durch die enge Tür hinaus.

Renate ging in die Bar. Ließ sich umdrängen. Schlürfte den Sekt. Sie musste ja Geld verdienen, um nach Deutschland zurückzukehren.

Das Heimweh wurde immer übermächtiger. Aber sie erkannte sehr bald, dass sie von ihrer kärglichen Gage keine Ersparnisse machen konnte. Sie ging zu einem Agenten und bat ihn, sich ihre Nummer anzusehen. Er kam. Dann stand er vor ihr und schüttelte den Kopf.

»Wie können Sie in dieser Spelunke tanzen?«, fragte er fassungslos.

»Ich muss leben«, erwiderte sie.

Nach drei Tagen brachte er ihr Verträge. Der Trocadero in Rio, die ersten Variétés in Südamerika hatten auf seine enthusiastischen Berichte hin abgeschlossen. Sie lehnte ab. Trotz seines Drängens unterschrieb sie nur den Vertrag des Trocadero. Die Gage, die ihr dort ausbedungen war, würde ihr die Überfahrt ermöglichen.

»Leider müssen Sie die zwei Monate bei Pascalato aushalten«, belehrte sie der Agent, »wenn Sie kontraktbrüchig werden, kann kein anderes Theater in Südamerika Sie beschäftigen.«

Ergeben fügte sie sich in die Unabänderlichkeit.

Eines Abends stürzte sie von der Kugel.

Sie flatterte gerade als »Fröhlichkeit« über die Welt

hin, da sah sie, unten in der ersten Reihe der Tische, – Walter Ortner. Eine Sturzwelle von Freude und Glück schwoll über sie hin, schwemmte sie von dem Erdball.

Da regte sich die Bestie in diesem Publikum. Die Mischlinge, die Caboclos, diese grausamsten Kreaturen auf Erden, begannen zu johlen, zu pfeifen, zu höhnen. Besonders die Weiber taten sich hervor. Die Europäer, die deutschen, englischen und amerikanischen Seeleute, sprangen auf, traten ritterlich ein für die gestürzte Frau. Fäuste reckten sich, Drohungen schwirrten durch den Saal.

»Wollt Ihr schweigen, Ihr Makagobrut! Ruhe, da, Ihr verfluchten Cholos! Ich schlag dir die Zähne ein, du Hund von einem Caboclo!«

Ein wildes Handgemenge kriselte. Da hatte Renate sich aufgerafft, stand wieder auf der Erdkugel und flog mit ausgebreiteten Armen, den Mund zu einem gefrorenen Lächeln verzerrt, über die Bühne. Die Sohlen, mit denen sie sich an die Wölbung des Holzes klammerte, gaben ihr kaum Halt. So bebte sie. Ihre Knie schlugen gegen das leichte Gewand. Aber sie hielt aus. Die Augen starr auf den Mann gerichtet, der dort unten saß, das bleiche Gesicht zu ihr emporgehoben, vollendete sie ihren Auftritt.

Immer wieder musste sie an die Rampe. Die Europäer wollten ihr eine Genugtuung bereiten. Sie siedeten auf, klatschten, trampelten, brachten ihr ein brausendes Hoch. Hipp-hipp-hurra!!

Sie wollten es diesen Mischlingen und Schwarzen schon zeigen, eine weiße Dame zu beleidigen, die ein kleiner Unfall betroffen hatte. Der Saal dröhnte. Hipp-

hipp-hurra! Endlich war sie in der Garderobe. Schleuderte das Kostüm von sich. Ihre Finger konnten kaum die Druckknöpfe lösen.

Ein Taumel hatte sie ergriffen, Rausch der Seligkeit, Überschwang des Glücks. Er war da. Er war gekommen. Alles, was gewesen, war vergessen, war ausgelöscht. Sie hastete in das Straßenkleid. In ihr war das Jauchzen eines Kindes, das sich in einem großen, dunklen Walde verlaufen hat, schon vor Angst erstirbt und plötzlich die Mutter sieht. So war ihr. Mit überstürzter Sorgfalt puderte sie sich, machte sich schön. Er war ja da. Er wartete draußen.

Sie stürmte hinaus.

Pascalato trat ihr in den Weg. Sie lief an ihm vorüber, sah ihn kaum. Hörte nicht seine erstaunte Wut, die in fettigen Tönen schäumte. Kam zum Saal. Vor der Tür wartete Ortner.

Plötzlich stand sie vor ihm. Sie wollte sprechen, fand aber keinen Laut in der Kehle, stieß ihm beide Hände entgegen. Er nahm sie, auch wortlos. Er presste ihre Finger, dass es sie schmerzte. Und doch war es das höchste Gefühl der Wonne, das sie je empfunden hatte. So standen sie eine Weile dicht vor einander, ihre Blicke ineinander verschmolzen. Beider Atem ging keuchend. Die Kellner, die hin und her rannten, stießen sie an, bedrängten sie. Sie merkten es nicht. Plötzlich sagte sie:

»Komm!«, und zog ihn fort.

Sie waren auf der Straße. Gingen wortlos dahin, dicht aneinandergeschmiegt, wanden sich durch das Gewühl der Gassen, deren regstes Leben erst abends erwacht, umwogt von den Gerüchen der Keller und Läden, dem Schwall von Dünsten der heißen Nacht.

Das Treiben der Hafengegend umbrandete sie: Strolche aller Blutmischungen, engumschlungene Liebespaare, torkelnde, singende, vom Cachaca, dem schweren wilden Zuckerrohrbranntweine, benebelte Matrosen. Doch beide sahen nichts, hörten nichts; waren verzaubert.

»Wie hast du mich gefunden?«, fragte sie.

»Ich bin aufs Geratewohl gekommen.«

Er sprach zum ersten Mal. Seine Stimme war rau und belegt.

»Ich hatte die Gewissheit, ich würde dich finden. Du konntest Rio noch nicht verlassen haben. Verhandlungen mit der Regierung dauern immer lange. Ich wollte zum deutschen Konsul gehen. Da sah ich die Plakate mit deinem Bild.«

Wortlos gingen sie wieder durch die schwüle Nacht. Die stehende Luft war fühlbar wie eine Last auf dem Kopf, auf den Schultern. Doch Renate spürte sie nicht. Ihr war leicht und beflügelt wie nie bisher in dieser unheimlichen, feindlichen Stadt. Im Kopfe und in der Brust war eine luftige Beschwingtheit. Es schien ihr, als habe sie bisher unter einer dumpfen, gläsernen Glocke gelebt, die plötzlich zersprungen war. Und herein strömte Luft und Frische. Sie konnte wieder atmen. Mit leichten, tänzelnden Schritten ging sie neben ihm. Er war ja da. Er war ja endlich wieder da. Alles, was je Böses und Widriges zwischen ihnen geschehen, gehörte einem andern, fernen, längst verklungenen Leben an.

Endlich sagte er:

»Ich muss dich sprechen.«

Sie blickte lächelnd zu ihm auf. Gewiss musste er sie sprechen. Er musste doch sagen, dass jetzt alles gut, dass der schwere, böse Traum endlich zerrissen sei. Dass er nun bei ihr bliebe. Sie nie wieder allein lasse in dieser furchtbaren, tückischen, bedrückenden, fremden Stadt. Freilich wusste sie, dass da irgendwo eine Frau war, die zwischen ihnen gestanden hatte. Aber nun war das Wunder geschehen. Und diese Frau stand nicht mehr zwischen ihnen. Denn er war ja da. Er war ja gekommen. Das Wunder war endlich geschehen. Oder nein, kein Wunder. Nein, nein. Es schien ihr plötzlich das Natürlichste, dass der einzige Mensch, den sie auf diesem heißen, brodelnden Erdteile kannte, der zu ihr gehörte, den sie liebte, gekommen war, sie zu erlösen. Aber alles dies dachte sie nicht klar, nicht bewusst. Es durchhuschte sie nur schattenhaft. Sie empfand im Grunde nichts als die jauchzende Freude, dass er da war, greifbar nahe neben ihr ging und zu ihr sprach. Alles andere war nicht von dieser Welt.

Ortner sagte: »Ich konnte den Gedanken nicht ertragen, dass du mich verachtest.«

Sie blieb mitten auf der lärmenden Straße stehen und blickte zu ihm auf.

»Ich - dich - verachten?!«

Sie lächelte wie über etwas kindlich Törichtes, Absurdes.

Es war ja auch ganz gleichgültig, was er sprach. Er war ja bei ihr.

»Wenn du jetzt auch darüber lächelst, ich weiß, du hast mich verachtet. Du hattest tausendmal Recht. Ich habe mich erbärmlich und unwürdig benommen. Ich war krank. Seit du damals in jener Nacht mit deinem ...«, er zögerte einen Augenblick und sagte dann leise:

»... Mann fortgegangen bist, war ich nicht mehr ich selbst.«

Ein Betrunkener stieß heftig an Renate an. Sie merkte es nicht. Die Erwähnung ihres Mannes hatte sie aus dem Taumel herausgerissen. Der einlullende Freudenrausch, der sie umfangen hielt, zerstob zu jäher Ernüchterung. Sie sah plötzlich die Straße, die Lichter, die Menschen. Sie sah plötzlich Wirklichkeit. Es war wie ein Sturz aus gewaltiger Höhe. Sie schwankte, doch nicht von dem Stoß des Betrunkenen.

»Ja?«, fragte sie vag. »Du wolltest mir etwas sagen.«

»Du musst alles wissen«, sprach er weiter. »Ich will nichts vor dir verbergen. Als du nach Manaos abreistest, war ich zu etwas Furchtbarem entschlossen: Ich wollte Anna Iwanowna töten.«

»Nein!«, schrie sie auf, dass die Vorbeigehenden starrten, fasste seinen Arm und bohrte die Finger in den Stoff seiner Jacke.

»Doch, ich wollte frei sein. Ich wollte dir den Grund nehmen, vor mir zu fliehen. Aus der meuchelnden Wildnis stieg mir der Gedanke auf. Hinter meinem Hofe liegt ein Hain. Ganz dunkel ist es dort. Da gibt es keine Blumen, keine Büsche.«

Er sprach sinnend in die Nacht hinaus. Seine Augen verloren sich in die Ferne der Gasse.

»Die Luft ist dort mit Untat geladen. Der Boden ist braun von verwesendem Laube. Es riecht nach Mord und Moder. Hier wütet die Feige. Mit ihren

Windungen umstrickt sie jede Palme wie mit gigantischen Tintenfischarmen. Mit riesigen Krallenfingern umschlingt sie die Stämme und Zweige und würgt sie zu Tode. In diesem düsteren, bösen Dunkel hab' ich Tag um Tag gesessen, dem fast hörbaren Ersticken gelauscht und über meinen finsteren Plan gesonnen.«

Er schwieg eine Weile. Sie gingen jetzt seltsam rasch, trotz der Hitze der Tropennacht. Ortner trocknete die feuchte Stirn. Dann sprach er leise weiter.

»Die Natur will die Vernichtung. Überall lauert der Totschlag. Der eine muss sterben, damit der andere leben kann. Ich konnte ohne dich nicht leben. Ich habe mich dagegen gewehrt, habe gekämpft, aber es kam immer wieder. In den Fluss wollte ich sie werfen, der von Piranha wimmelt. Und dann fort zu dir - dir sagen: ich bin frei!«

»Furchtbar!«, flüsterte sie.

Sie waren in die Rua do Ovidor eingebogen, diese endlos lange Hauptverkehrsader der Stadt. Hier pulsierte fiebernd überhitztes Leben. Die Cafés waren überfüllt. Schmucke Automobile glitten geräuschlos. Auf dem Bürgersteig prunkte übertriebene Eleganz. Die Frau beherrschte die Straße, die geschmeidige, heiße Brasilianerin mit dem schleichenden, weichen Schritte, dem Erbteil ihrer indianischen Ahnen, den schwarzen, feuchtschimmernden Augen, dem wiegenden Gange, den leisen, graziösen, katzenhaften Bewegungen. Die Luft war erfüllt von Parfüms, von Lachen, Stimmengezwitscher, von Liebesgeflüster, vom Lichte der Bogenlampen, vom Benzingeruch der Autos, von warmer Sinnlichkeit und von Geheimnis.

Einsam, losgelöst von den anderen, eingehüllt in die große Beichte, ein Fremdkörper in diesem Strom nächtlichen Vergnügens, trieben Renate und Ortner dahin.

Er ging einige Zeit stumm neben ihr, gebeugt unter der Last der Tat, die er geplant hatte. Dann warf er den blonden Kopf zurück und straffte sich.

»Du hast mich vor diesem Entsetzlichen bewahrt«, sagte er dann fest.

»Ich?«

»Ja. Deine Kraft und dein Pflichtgefühl gaben mir Rettung und Halt. Am Tag, an dem ich es ausführen wollte, erkannte ich voll Grauen den Abgrund, vor dem ich stand. Ich dachte an dich wie immer. Du warst ja mein einziger Gedanke. Ich dachte daran, wie mutig und wie stark du bist. Wie du, obwohl du mich liebst ...«, er unterbrach sich, blickte sie zaghaft an und fragte:

»Du liebst mich doch noch?«

»Ja.«

Da ging er minutenlang ganz bleich neben ihr im Lichte der elektrischen Lampen. Dann fuhr er fort:

»Ich bin aus Europa fortgegangen, weil dort alles gegeneinander kämpft und wütet. Das war ein lächerlicher Irrtum. Kampf aller gegen alle ist auch im fernsten Urwalde. Dort grimmiger noch als anderswo. Es strömt aus der nackten Natur. Ja, das war ein Irrtum. Aber wie ich an dich dachte, an deinen Mut, deine Tapferkeit, da kam mir in zwölfter Stunde die Erkenntnis, dass man leiden und entbehren kann und dennoch stark und reich sein im Besitze einer Idee, einer heiligen Erinnerung. Und das gab mir die Kraft. Ich kam zu mir. Es sollen keine Phrasen sein, was ich damals in jener Nacht zu dir und deinem Mann gesagt habe. Aus meiner Liebe zu dir soll mir eine Liebe zur Menschheit erstehen. Ich will danach ringen, Mensch zu sein. Keine mordende Liane des Urwaldes. Kein reißendes Tier. Mensch! Mensch!«

Er faltete im Gehen die Hände, dass die Knöchel knackten. Um seinen Mund zuckte es.

Sie begriff alles. Sie verstand ihn bis ins Letzte.

Und liebte ihn mehr, als sie ihn jemals geliebt hatte. Und wusste, dass sie ihn verloren hatte. Sie biss die Zähne aufeinander, nicht aufzuschreien.

Mühsam sprach er weiter:

»Ich will versuchen, gut zu der Frau zu sein, die zu dir gut gewesen ist.«

Sie blieb stehen. Sie waren vor ihrem Hotel.

»Ich wohne hier«, sagte sie. Und fühlte selbst, wie lächerlich banal es war, was sie da sagte.

Die Flut der Straße spülte im Kreis um sie herum.

»Ich danke dir, dass du gekommen bist«, presste sie hervor.

»Ich musste dich sprechen«, wiederholte er. »Ich konnte den Gedanken nicht ertragen, dass du mich verachtest. Vielleicht habe ich mich auch nur durchgerungen, damit du mich nicht verachtest.«

»Ja, ja«, flüsterte sie wieder und starrte ihm ins Gesicht. »Was nun?«

»Morgen früh fahre ich zurück. Sie wartet in Angst.«

»Ja, ja.«

Mitten im Strudel der Straße standen sie vor einander, blass vor Schmerz und Heldenhaftigkeit, starrten sich in die Augen. Da fiel sie gegen ihn. Presste ihr Gesicht an seine Brust und weinte haltlos.

Die Passanten staunten kurz und schritten vorüber. In dieser südlichen Stadt, in der das Leben eine Öffentlichkeit ist, in der die Liebe mit ihrer Lust und ihrem Leid unverhüllt umgeht, hatte man oft Frauen gesehen, die an der Brust eines Mannes weinten. Die Kreolinnen nickten begreifend und glitten in ahnendem Mitleid vorüber. Die Männer wandten in taktvoller Scheu den Kopf zur Seite.

Dann hob Renate das feuchte Gesicht, fasste seine beiden Hände und schluchzte erstickt:

»Ich danke dir immer wieder, dass du gekommen bist. Ich bin schwach heute Abend. Die Hitze und die Vorstellung. Kümmere dich nicht darum. Ich freue mich so, dass du gekommen bist. Dass du wieder so bist, wie ich dich zuerst geliebt habe. Nun geh'.« Aber sie standen vor einander, ohne sich zu rühren.

»Geh'«, flehte sie.

Doch es war nur ein Stöhnen, eine unwillkürliche Bewegung ihrer Lippen.

»Du kannst nicht in diesem Lokal bleiben, das ist entwürdigend!«

»Das ist bald vorbei. Ich habe ein Engagement im Trocadero.« Er stand unschlüssig. Hielt ihre Finger zwischen seinen Händen.

»Jetzt soll ich dich hier allein lassen in dieser Fremde! Ich habe es mir nicht so gedacht.«

Mit einem tränenschimmernden Lächeln flüsterte sie:

»Es geht schon – es wird schon gehen.«

Seine Augen wurden feucht. Sie fühlte, jetzt konnte sie ihn halten. Jetzt waren alle Vorsätze zunichte. Jetzt gehörte er nur ihr, nur dem allgewaltigen, packenden, verlangenden Leben. Keinen blassen Vorstellungen, keinen bunten ethischen Seifenblasen, keinen heroischen Gedanken - nur ihr.

Da sagte sie zwischen den Zähnen, die sie krampfhaft zusammenbiss, aus Furcht, unbeherrscht aufzuschreien:

»Gute Nacht, du Lieber. Lass mich jetzt gehen.«

Er ächzte: »Das ist furchtbar, dies alles.«

»Das ist unser irrsinniger Tanz auf der Weltkugel«, keuchte sie.

»Du musst mir schreiben«, zwang er hervor. »Nach Manaos. An Senhor Louis Barboso. Dann habe ich Nachricht im Frühling.«

Sie nickte. Tränen tropften von den Wimpern.

»Schreib' du mir auch.«

Dann standen sie wieder vor einander. Verzweiflung glühte in beider Augen.

Plötzlich schlang sie die Arme um seinen Hals, küsste ihn, riss sich von ihm los und eilte in den dunklen Gang des Hauses. Sie stürzte die Treppe hinauf. Aber nach wenigen Schritten knickte sie in den Knien ein, fiel gegen das Geländer, warf die Arme über die Balustrade, presste das Gesicht auf die Hände und weinte, dass das Geländer unter der Erschütterung ächzend kreischte.

Nein, nein! Das war ja alles Wahnsinn! Das waren hohle Phrasen! Was nützt erhabenes Menschentum, was nützt alle Seelengröße, wenn man dabei sich gegenseitig zugrunde richtet! Das Wichtigste im Leben war ja doch das Leben. Das Glück! Das konnte kein Gott verlangen, dass man sich zerfleischte. Das war ja auch ein Mord! Nein, nein! Das konnte kein Gott verlangen!

Sie hob den Kopf, blickte sich im Dunkel der Treppe um und raste hinab. Rannte gehetzt durch den finsteren Flur hinaus auf die Straße. Sie sah ihn durch den fröhlichen Abendkorso gehen, ganz langsam. Den Körper hochgestrafft, den Kopf tief zur Brust niedergebeugt. Da entfiel ihr der Mut. Er geht, dachte sie. Er steht nicht mehr vor der Tür und wartet, dass ich wiederkomme. Er kann gehen, es ist ihm möglich, zu gehen. Mit zuckendem Gesicht wandte sie sich wieder dem Haus zu, schleppte sich die Treppe hinauf, kam in ihr Zimmer, warf sich angekleidet aufs Bett und starrte mit Augen, die keine Tränen mehr hatten, in die Dunkelheit.

Von draußen herein gellten die verworrenen Schreie der großen, fremden, exotischen Stadt.

Sie starrte in das dunkle Zimmer. Und ihr Leben schien ihr finster und unheimlich und einsam und verloren, wie sie es war in dieser großen, exotischen, fremden Stadt.